書下ろし

結びの甘芋

読売屋お吉甘味帖④

五十嵐佳子

祥伝社文庫

目次

登場人物

吉《きち》……菓子処《かしどころ》の女中だったが、文才を認められ、読売《よみうり》の見習い書き手に。

山本真二郎《やまもとしんじろう》……絵師。与力《よりき》の息子で剣の腕前もあるが、絵を生業《なりわい》とする変わり種。

絹《きぬ》……吉の先輩の女読売書き。吉に厳しくあたるも、仕事熱心で優秀。

光太郎《こうたろう》……読売屋風香堂《ふうかどう》の元主《あるじ》。隠居予定だったが、女子向けの読売を始める。

清一郎《せいいちろう》……光太郎の息子。風香堂を継ぎ、通常の読売を手掛ける。吉らと反目《はんもく》。

すみ……絵師見習い。口入屋《くちいれや》紹介で雇《やと》われるが、なかなかの問題児で……

滝沢馬琴《たきざわばきん》……吉が金糸雀《カナリア》の世話をしに通う人気戯作者《げさくしゃ》。時に的確な助言をくれる。

民《たみ》……吉が幼い頃から働いていた菓子処・松緑苑《しょうりょくえん》の女将《おかみ》。母親のように接する。

松五郎《まつごろう》……松緑苑の元主。民の元夫。吉の父親が働いていた縁から、吉に目をかける。

上田鉄五郎《うえだてつごろう》……町奉行所同心《どうしん》。真二郎の幼馴染《おさななじ》みで、吉とも度々《たびたび》顔を合わせるように。

「結びの甘芋」の舞台
同朋町 曲亭馬琴方
不忍池
浅草寺
小梅村
市ヶ谷揚場町
妻恋町
神田川
神田明神
昌平橋
筋違橋
両国広小路
大川（隅田川）
富沢町 呉服屋 伊勢大黒
両国橋
神田
江戸城
日本橋
新大橋
照降町 香玉寺
万町 読売屋 風香堂
八丁堀坂本町 吉の長屋
小松町 菓子処 翠緑堂
小網町 宝泉寺
永代橋
深川
北
西
東
南

その一　苦しいときの神頼み

一

餅《もち》の歯切れがいい。

嚙《か》みごたえのあるもちもちの食感が、久寿《くず》餅の特徴だ。だがこの久寿餅は、他の店のものとはひと味違っている。ぷるぷると口の中で踊るような……。とろりとした黒蜜《くろみつ》、まろやかなきなこがたっぷりからまり、吉《きち》を満たす。

「ああ、美味《おい》しい」

うっとりと目を閉じて吉がつぶやくと、待ってましたとばかり、民《たみ》がころころと笑いだした。

「そうそう、おまえのその顔が見たかったんだ」

「まったくなぁ、お吉ほどうまそうに菓子を食べるもんを見たことがねえや」

松五郎《まつごろう》が額《ひたい》をつるりとなでる。吉はふたりを見つめ、くしゃっと笑った。

「こんな久寿餅、はじめてです。淡泊《たんぱく》だけど、風味豊かで、口当たりがすごく上品……」

「ありがちな匂いがねえだろ。これほど癖《くせ》がねえもんには滅多にお目にかからねえ」

江戸の久寿餅は、小麦粉を水で練《ね》って沈殿《ちんでん》させたでんぷんが原料だ。でんぷんを仕込み水とともに木桶《きおけ》に入れ、一年ほど発酵《はっこう》させる。その後、水で洗い、発酵の臭みを取り除く。こうしてできた原料をお湯で溶いて型に流し、一気に蒸し上げる。乳白《にゅうはく》色の餅が冷めた後に切り分け、黒蜜ときなこをたっぷりかければ、できあがりだ。

「昨日、川崎《かわさき》から来たお客に土産《みやげ》にもらって、ひとくち食べた途端《とたん》、この人ったら、お吉を呼べ！　この久寿餅を食べさせろって大騒ぎ」

民は湯飲みにお茶を注ぎながら、笑いを噛みしめる。

「おめえこそ。それっきり客をほったらかして、ばたばたとうちを飛び出して行っちまったじゃねえか」

鶴のようにやせた体にたっぷり綿《わた》を入れた半纏《はんてん》をはおった松五郎が、目を細める。色違いの半纏の前をかき寄せて、民はふふっと肩をすくめた。民は太り肉《じし》で、座布団にちょこんと座っている姿はお多福《たふく》人形さながらだ。

「お吉んちに〝朝、顔を出しておくれ〟なんて投げ文しやがって。他に何にも書かねえもんだから、お吉をえらく心配させちまった」

「長屋に着いた途端、川崎のお客がいたっけって思い出したんですよ。それであわてて戻らなきゃって」

「とにかく、お吉が朝も暗いうちから息切らして駆けてきたのは、おめえの投げ文のせいだからな」

「……堪忍《かんにん》してね、お吉」

胸の前で民が手を合わせた。

ようやく冬の朝日が茶の間に差し込んできた。

吉はお茶をひとくち飲み、ふ〜っと息を長くはいた。急に眠気がこみあげる。

文を読んで松五郎と民に何かあったのかと不安になり、昨晩はほとんど眠れなかった。朝になるのを待たずに、走って行こうかと思ったほどだった。

吉にとって、ふたりは親代わりである。

火事で両親を失い、幼い弟妹を抱えて、途方《とほう》に暮れていた吉に助けの手をさしのべてくれたのが、菓子匠《かししょう》・松緑苑《しょうりょくえん》を営《いとな》んでいた松五郎と民夫婦だった。

「お吉ちゃん。うちで働けばいいよ。うちで働いて、妹と弟を育てておやり」

そういって民が大福《だいふく》餅を手に握らせてくれたのを、吉は忘れたことがない。

松緑苑は老舗《しにせ》の大店《おおだな》が軒《のき》を連《つら》ねる日本橋通《にほんばしどお》りの東側、式部小路《しきぶこうじ》のつきあたりにある、間口二間（約三・六メートル）の店だった。吉の父親・留吉《とめきち》は生前、松五郎の右腕の菓子職人で、その縁で吉は十二歳から働きはじめた。

それから十三年——松緑苑は今年の五月の節句《せっく》に店を閉じた。主《あるじ》の松五郎が心に期していたことがあったからだ。若き日に修業していた翠緑堂《すいりょくどう》の主への恩返しとして、主の忘れ形見《がたみ》である勇吉《ゆうきち》を探し出そうとしていた。

勇吉は翠緑堂を継ぐべく修業をしていたが、結婚を反対され、駆け落ちした。以来行方知れず。一方、主はむげに女と別れさせようとしたことを悔いて、勇吉に戻ってきてもらい、あとを継がせたいという望みを最期まで抱いていた。

松五郎は主から預かっていた翠緑堂の看板を勇吉に渡そうと決意していたのである。

その勇吉を見つけたのが吉だった。松緑苑が閉店してから読売《よみうり》屋の風香堂《ふうかどう》で書き手として働きだし、出かけて行った聞き取り先で、松五郎の栗羊羹《くりようかん》とよく似た味わいの水羊羹を見つけた。その品こそが勇吉の作った水羊羹だった。吉は松五郎が勇吉を探していることなど知らなかったが、不思議な縁を感じて水羊羹を松五郎に届け、それからとんとん拍子に松五郎は勇吉と再会した。

　勇吉は今、松緑苑のあった場所で、受け継いだ翠緑堂の看板を掲げ、菓子匠を営んでいる。子どもがいなかった松五郎と民に、勇吉という大きな息子が新たにできたようだった。

　それにしても、と吉は思い出し笑いをした。今朝《けさ》の民と松五郎の姿が忘れられない。

「旦那《だんな》さぁん、おかみさぁん。おはようございます！　吉です！」

吉がどんどんと戸を叩《たた》くと、しばらくしてがらりと戸が開き、寝ぼけ眼《まなこ》のふたりが寝間着《ねまき》姿でぼーっとつっ立っていた。

「お吉……こんなに朝早く」

「おかみさん、旦那さん、無事なんですね……」

「無事も何も……どうしたってんだい」

吉が走り書きを差し出すと、民は自分の額をぽんと叩き、松五郎はかーっとつぶやいて民をあきれたように見つめた。

心配は杞憂《きゆう》に過ぎなかったと、吉はほっとしてへたり込みそうだったが、民は呼びつけた理由を「あとのお楽しみで」ともったいぶってすぐには教えてくれなかった。

民と一緒に飯を炊き、三人で朝食をすませてから、やっとこの久寿餅にありついたのである。

門前町の茶屋などでも気軽に食べられる久寿餅だが、作るには驚くほど長い時間と手間がかかっている。発酵のさせ方、時間、用《もち》いる木桶、臭いを流すための洗い方など、職人にはそれぞれのこだわりもある。

松五郎と民の言う通り、これまで吉が食べた中で一等うまい久寿餅だった。

「今日も、馬琴《ばきん》先生のところに行くんだろ。少しだけど、持ってお行き」

民は手早く、残りの久寿餅をとりわけ、竹皮で包んだ。松五郎も茶箪笥《ちゃだんす》から饅《まん》頭《じゅう》をとり、懐紙にくるみ、吉に手渡す。

「勇吉が持ってきた饅頭だ。おやつにでもお食べ」

「うわ、嬉《うれ》しい。勇吉さんの饅頭、旦那さんの味にますますそっくりになりましたよね」

「あんこと皮の塩梅《あんばい》もまずまずだ」

松五郎がまんざらでもなさそうに鼻をかいた。勇吉に菓子作りを伝授することが、松五郎の最近の生きがいになっている。

「ありがたく頂戴《ちょうだい》していきます」

「ああ、行っておいで。気をつけてね」

吉が読売屋の書き手になったとき、民は怒って背を向けた。他の菓子匠で働くならどこでも紹介すると息巻き、男の仕事である読売の仕事をするなんてますます縁遠くなると泣き落としにもかかった。勇吉が翠緑堂を開いたときには、女中頭として店を仕切ってほしいとも懇願《こんがん》もされた。

その件に触れなくなったのは、このごろである。民は通りまで出て、吉を見送ってくれた。

青空なのに骨身にしみるような冷たい風が吹いていた。雲が勢いよく流れている。

朝から美味しい菓子を食べて、松五郎と民とたわいない話をし、今日はいい日になりそうな気がした。

そう思った瞬間、吉の体が前につんのめった。足が前に出ない。そのまま地面に膝《ひざ》を打った。

「大丈夫ですか?」

声をかけてくれたのは、白い御高祖頭巾《おこそずきん》をかぶった女だった。墨染《すみぞ》めの法衣《ほうえ》を着ている。

「……鼻緒《はなお》が切れてますよ。これを」

女は懐《ふところ》からきれいな手ぬぐいを出すと、白い歯で切れ目を入れ、手際よくチャッと引き裂き、くるくるねじって吉に差しだした。吉の右足の指が下駄《げた》の先から飛び出ている。痛さより恥ずかしさが先に立つ。

「すみません。助かります……」

吉は下駄を脱ぎ、横緒にひっかけたひもを前壺《まえつぼ》に通し、裏側で三度結んだ。下駄をはき直すまで、女は吉の風呂敷包みを持ったまま見守っている。

「……せっかくの手ぬぐいを申し訳ありません……」

「何度も水をくぐらせたものですから、お気遣いなく」

吉はもう一度、頭を下げ、女を見た。三十をいくつか過ぎたくらいだろうか。きりっとした眉《まゆ》と大きな目が意志の強さを感じさせる。

「つるかめつるかめ」

女は小さくつぶやき、微笑《ほほえ》んだ。笑うと目が途端に優しくなる。

鼻緒が切れるのは縁起《えんぎ》が悪いとされている。つるかめは、子どもでも知っている縁起直しの呪文だ。凛《りん》とした法衣姿とつるかめの呪文の組み合わせがなんだかおかしくて、吉の頰が緩んだ。会釈《えしゃく》して立ち去ろうとした女を吉はあわてて呼び止め、風呂敷の中から松五郎にもらった包みを取りだした。

「よかったら召し上がってください。お饅頭です。とっても美味しいんですよ」

「まあ……」

「私、吉と申します。この先の風香堂という読売屋で働いております。本当にありがとうございました」

「私は照降町《てりふりちょう》の香玉寺《こうぎょくじ》の妙恵《みょうけい》でございます。……では、ありがたくお饅頭を頂戴いたしましょう」

妙恵は一礼すると、橋を渡っていった。

棒手振《ぼてふ》りが通り過ぎ、米や炭を積んだ大八車《だいはちぐるま》が駆け抜ける。日本橋川に目をやれば、ずらりと並んだ白壁土蔵の前を荷を積んだ伝馬船がひっきりなしに行き過ぎる。いつもの万町《よろずちょう》の風景だ。

吉が風香堂の暖簾《のれん》をくぐると、上がりかまちに飛脚《ひきゃく》が座り込み、一階の書き手相手に、つばを飛ばさんばかりにしゃべりまくっている。

「ちくに街道で一揆《いっき》？」

「にいさん、千国《ちくに》街道ってのは松本《まつもと》から、小谷《おたり》村千国宿、燕岩《つばくろいわ》、葛葉峠《くずはとうげ》と大網《おおあみ》峠《とうげ》を抜けて、糸魚川《いといがわ》まで続く昔からの街道よ。塩の道とも呼ばれてらぁ。一揆が起きたのは信濃《しなの》国松本藩だ。赤蓑《あかみの》を着た百姓が街道沿いの村々の大半を巻き込んで、宿場の大きな問屋や大庄屋《おおしょうや》を打ち壊しちまった」

「ありゃりゃ。そりゃ、よっぽどのことだ」

書き手が身を乗り出す。

「三万もの百姓が鍬《くわ》を持って、八十を超える大店を襲ったってんだから。たまげるじゃねえか」

「松本藩は焦《あせ》っただろなぁ。悪くすりゃお取りつぶしだ」

「鉄砲隊が出てなんとか収めたけどな」

「首謀者ははりつけか？」

飛脚が首を横にふり、天井をにらむ。

「それが見せしめはなし。百姓四人が永牢《ながろう》を命じられた」

「弱腰すぎねえか」

「というのも……」

今年は米が凶作だった。江戸でも不景気風は吹いている。

一揆のことなどは下々の者に知られないように、幕府は神経を尖《とが》らせているが、隠そうとするものほど表に出てしまう。この件は、版元が風香堂であることを伏せ、菅笠《すげがさ》をかぶった読売売りが町を回って、そっと売ることになるだろう。

二階に上がると、主の光太郎《こうたろう》と絵師の真二郎《しんじろう》が向かい合って座っていた。同僚の絹《きぬ》と絵描き見習いのすみの姿はない。

「おはようございます」

光太郎が顎《あご》だけで吉に座るように促す。光太郎は風香堂の主で、いったんは隠居して息子の清一郎《せいいちろう》にその座を譲《ゆず》ったが、しばらくしてあっさり復帰した。清一郎の反対も無視して女版の読売を作ると宣言し、快調に売り上げを伸ばしている。従来の読売業を譲り受けた清一郎とは犬猿《けんえん》の仲で、顔さえ合わせれば角突き合わせている。

吉を見た真二郎の目が和《やわ》らいだ。小さくうなずき返した吉の胸がぽっと温かくなる。

「お吉、伊勢平川《いせひらかわ》、知ってるか？」

「ええ。神田明神《かんだみようじん》近くのお店《の》ですよね」

「夜逃げしたとよ」

吉は光太郎の言葉に息を呑んだ。伊勢平川はよく知られた呉服店《ごふく》だ。朝、その前を通ると、反物《たんもの》を包んだ大きな風呂敷包みを背負った奉公人たちが、顧客の家に向かう姿があった。

松緑苑の帳場で働いていた佐助《さすけ》も、六月から伊勢平川で働きはじめていた。松緑苑の最後の日に「菓子屋から呉服屋へ、畑違いだが心機一転《しんきいってん》がんばるつもりだ」と挨拶《あいさつ》していた姿を思い出した。佐助は吉の二つ下で、十年一緒に働いた幼馴染《おさなじ》みでもある。

「奉公人はみな雇い止めで、主の行方もわからねぇ」

佐助には恋女房との間に子どもが二人いたはずだった。大黒柱《だいこくばしら》の佐助が職を失えば、途端に一家の暮らしは立ちゆかなくなってしまう。今朝の様子を見る限り、民と松五郎もこのことは知らないに違いなかった。

「何軒になりますかね、つぶれちまった店は」

むっつりとした顔で真二郎がつぶやく。

真二郎は、風香堂一の絵師だ。与力《よりき》の家の出という変わり種《だね》でもある。光太郎が腕を組む。

「日本橋表通りの店だけでも、相馬屋《そうまや》、辰巳屋《たつみや》、佃岡村《つくだおかむら》、そして伊勢平川……これで四軒か。米が不足し、値が上がっているからなぁ。着物や骨董《こっとう》に金をかけるどころじゃねえってか。しっかし、伊勢平川は数年前あたりから左前《ひだりまえ》になっていたらしいぜ。主は伊勢大黒《いせだいこく》の元番頭。女房は伊勢大黒の娘ってんで、伊勢大黒からずいぶん助けてもらっていたようだがな」

「娘かわいさにか……」

「だが、女房はこの夏に実家にもどっちまった」

「で、不景気がとどめをさした……」

真二郎にうなずき、光太郎が吉を見る。

「おれらものんきに構えてらんねえ。読売も不景気のあおりを食ってか、このごろ売れ行きがかんばしくねえ。これまでとおんなしじゃだめだ。もっと売れるものを作らねえと」

吉とすみが作った浅草案内《あさくさあんない》は、今もぼちぼち売れているが、ひところほどではない。

江戸っ子は新しいものに飛びつくが、新しいものもすぐ古くなる。すなわち、時間がたてば売れ行きが落ちてしまう。

吉とすみは、再び、甘いもの記事を手がけていた。

神田祭りで姫様役に抜擢《ばってき》された佃煮屋の美少女・たけ、今笠森《かさもり》お仙《せん》と評判の水茶屋の人気者・あき、役者の身振《みぶ》りや声まねで人気を博している落語家・初代三《さん》遊亭圓生《ゆうていえんしょう》……四苦八苦《しくはっく》して人を探して聞き取りをし、記事を仕上げているが、光太郎が言う通り、こちらも当初のような売れ行きにはつながらない。

そのとき、ようやくすみが顔を出した。

「おはようございま〜す」

「遅《おせ》えぞ」

光太郎がどすの利《き》いた声で一喝《いっかつ》する。

「申し訳ありません。でも、伊勢平川の前に人がいっぱいで……旦那さん、人が集まっていたら、何が起きてんのかちゃんと見て来いって、いつもおっしゃってるじゃないですか。だからあたし、それを守って……夜逃げしちゃったんですってね、伊勢平川の旦那。あんな太い商売をやっていたのに。びっくりですよね」

「んなことはみな、とうに知ってらあ」

悪びれずに滔々《とうとう》と言い訳をするすみを、光太郎がぴしゃりと遮《さえぎ》った。すみは眉を上げた。謝るつもりは一切ないとその表情に書いてある。

「お絹さんも伊勢平川の前にいましたよ。いっとう前で、伊勢平川の店の中をのぞきこんでいたかと思うと、近所の人をつかまえて話を聞いて。あたしは刻限が気になって、さっさと来ちまいましたけど」

読売の書き手である絹の名を出して、それよりはましだといわんばかりだ。だが光太郎は手を横にふった。

「くちゃくちゃ、うるせえ。お絹は伊勢平川の夜逃げを知って、聞き取りに行ったんだ。おめえとは違うんだよ」

「聞き取りに？　なぁんだ、そーでしたか。とんだ金棒《かなぼう》引《ひ》きだと思っちゃった」

すみは、三ヶ月ほど前に口入屋《くちいれや》の紹介できた絵師見習いの二十歳の娘だ。見た目は小柄で、ちんまりした目鼻もかわいらしいが、絵師としては通り一遍《いっぺん》の絵しか描かず、工夫しようとする気持ちもない。光太郎に大声で叱《しか》られてもへのかっぱで、仕事は楽で簡単なのがいちばんという、今時《いまどき》の娘だった。

親はなく、本小田原町《ほんおだわらまち》の長治郎《ちょうじろう》長屋に、年老いた祖母と二人暮らしている。

「ちゃんと時刻を守れねえようなら、明日から来なくていいぜ」

「そぉんなぁ。こんなにがんばってるのに。大丈夫です。私、やればできますから」

光太郎がちっと舌打ちをする。これまで男相手に仕事をしてきた光太郎は、あいえばこういう、すみのような小娘が苦手だった。光太郎は咳払《せきばら》いすると続けた。

「不景気に左右されるのは伊勢平川のような呉服屋だけじゃねえ。読売なんか、真っ先にあおりを食っちまう。おすみ、おめえも新しいねたを出せ。みんなが飛びつきたくなるような売れるもんを」

「えっ、あたしがですか？　絵師見習いのあたしが？　書き手見習いじゃないのに？」

「書き手でも絵師でもどっちでもいい。それに、見習い見習いって、胸張っていうんじゃねえ。そんなもんが早くとれるようにしろ！」

光太郎は怒鳴るようにいって階段を下りていった。

「お吉さん、なんであたしがねたを出さなきゃなんないんですか」

光太郎の足音が消えると、すみは吉の前に座り、上目遣《うわめづか》いでにらんだ。まるで、書き手の吉がさぼっているから絵師のすみまで迷惑しているといわんばかりだ。
すみを前にすると、吉は自分の背の高さを思い知らされる。小さくて口がよく
まわるすみ。並の男より大きくて、行き遅れになった吉。それをすみが意識して
いるのはありありで、すみは吉の前ではことさら、娘っぽいかわいい仕草《しぐさ》や表情
をしてみせる。
「ねたって、書き手が出すもんじゃないですか。絵師は書き手にいわれたものを
描くのが仕事じゃないんですか」
「そうかな」
「えっ？」
すみは驚いたように真二郎を見上げた。
すみは真二郎だけには一目《いちもく》おいている。与力の次男で、剣も使い、見た目もい
い部類に入る独り者の真二郎は、金がないというところを抜けば、すみにとって
上吉《じょうきち》の男のひとりだ。
「これを読売の絵にしたらおもしれえというものを見つけるのも、絵師の仕事じ
やねえのか」

すみは口をとがらせる。

「それは真二郎さんだからで、素人《しろうと》に毛が生えているようなあたしなんか……」

「四の五のいわず、やってみろよ」

真二郎はそういうと、吉を見て小さくうなずく。吉は心の中で真二郎に手を合わせ、立ち上がった。

「馬琴先生のところに行って参ります」

「旦那さんのお墨付きだからって、よく毎日毎日……金糸雀《カナリア》の世話をしておしゃべりをしてくるだけでしょう。……仕事を放《ほ》ったらかしにして……ずるいよね、お吉さんて」

すみの言う通り、吉は毎朝、戯作者《げさくしや》である滝沢《たきざわ》馬琴の家を訪ねる。馬琴はご存じ読本《よみほん》『南総里見八犬伝《なんそうさとみはつけんでん》』の作者だ。偏屈《へんくつ》で頑固《がんこ》で、凝《こ》り性《しよう》で、好き嫌いがやたらめったらはっきりしている上に、馬琴には人を人とも思わないところがあり、版元《はんもと》だろうが後ろ盾《だて》を買って出た分限者《ぶげんしや》だろうが、気に食わないとなったら、即刻、出入禁止にしてしまう。

近年、馬琴はたまたま一羽飼った金糸雀にはまり、あらゆる色姿形のものを集めずには済まなくなり、はては交配まで手がけはじめて、今や数十羽の金糸雀を飼っている。金糸雀の世話にもこだわりがあり、鳥籠の掃除から水替えまでひとつでも手順が違うと家人だろうが女中だろうが怒鳴り散らさずにおかない。

そんな馬琴が、好きな菓子の聞き取りに来た吉をいたく気に入ったようなのだ。今や、吉が来れば女中も家人もすっかり気配を消し、金糸雀の世話からお茶出しまでまかせっきりにする。

吉はそれが少しもいやではなかった。ぶっきらぼうで人が悪いところもあるが、話はおもしろい上、馬琴は書き手の吉に何気《なにげ》なく助言もしてくれる。

読売屋としても、天下の馬琴との絆《きずな》を切るわけにはいかないとの光太郎の判断で、吉は毎朝、馬琴の家に通うことが許されている。

一階には、また別の飛脚が数人、上がりかまちに座って話をしていた。各地を行き来する飛脚は、それぞれの土地で起きた出来事をまっさきに江戸に持ち込んでくれる重要な情報源である。

「霜月《しもつき》（十一月）ってぇとどこの神社も人はすっからかんだが、今年は商売繁《はん》盛《じょう》、金運の神様の讃岐《さぬき》の金刀比羅《こんぴら》さんなんか、押すな押すなの人出だって話でさ」

「おいらも聞いた。絵馬を奉納《ほうのう》する人が増えてるっていうじゃねえか」

「神頼みしかねえんだよ、賽銭《さいせん》をひねりだすのもてぇへんだろうに、もうやけくそだな」

「もうかってんのは神さまだけ。ったくこれじゃ、神も仏もねえってぇの」

また罰当《ばち》たりな話をしていると、吉はちょっと憤慨《ふんがい》しながら、店を出た。

歩きながら考える。光太郎のいう売れるねたはどんなものだろうかと。浅草案内の浅草を、そのまま神田、日本橋、向島《むこうじま》、両国《りょうごく》と替えてもよさそうだが、光太郎がそこに気がつかなかったわけはない。とすれば、まったく新しいものでなければならないということだ。

馬琴の家は神田明神下にある。

昌平橋《しょうへいばし》を渡り、しばらくすると、馬琴の家の前に人だかりが見えた。そして馬琴の怒声《どせい》が耳に飛び込んできた。

「さっさと去《い》ね。俺の家の前でなんちゃらかんちゃら、いい加減なことを並べやがって」

馬琴の家、正確にいえば馬琴の息子で医師をしている宗伯《そうはく》の診療所の前に、首から大きな数珠《じゅず》をかけた僧侶が立って、両手を合わせている。

「もう一度いう。この家には悪霊《あくりょう》がすみついている。放っておけば人が死ぬぞ」

僧侶も負けずにいい返す。物見高い近所の連中が遠巻きにしてひそひそ言葉を交《か》わしていた。

「医者だってのに縁起わりぃ……」

「見えるもんには見えるんじゃねえのか」

「病気になってもここはやめといたほうがいいかもな。後悔先に立たずっていうし」

僧侶はじゃりっと数珠を鳴らした。

「動揺するのも無理はない。だが、案ずることはない。拙僧《せっそう》が悪霊払いをして……」

いきなり僧の顔面に水が炸裂《さくれつ》した。馬琴は空《から》になったたらいを僧の足下にぶん投げる。がたんと大きな音がした。

「な、何をする」

「その手にはのんねえよ！　悪たれ坊主《ぼうず》！」

「悪たれ坊主だと？」

「ああ、悪たれ坊主じゃなきゃ、いんちき坊主、偽《にせ》坊主だ」

僧の表情が激変した。公衆の面前で罵倒《ばとう》された屈辱《くつじょく》に、両拳《こぶし》をぶるぶると震わせ、馬琴をにらみつけている。

「祟《たた》るぞ！　人が死ぬぞ！」

「上等だ。祟れるもんなら祟ってみやがれ！　悪霊払いなんてインチキに、こちとら一文たりとも払う気はねえってんだ。即刻ここから立ち去りやがれ。だいたい、よりによっておれさまんちに来るなんざ、霊験《れいげん》もなにもあったもんじゃねえや」

「あとで吠《ほ》え面《づら》かくぞ」

ずぶぬれのまま、僧侶は捨て台詞《ぜりふ》をはき、逃げるように去ってゆく。

「それが坊主のいうことか。化けの皮がはがれたな！　……塩壺！」

女中から塩の入った壺を受けとると、馬琴は塩をわしづかみにして盛大にまき散らした。

「くそぉ〜〜、おれさまの家の前であんなことといいやがって。許せねぇ」

「たく、ざけやがって。塩壺ごと、あのくそ坊主のどたまめがけて投げつけてやりゃよかった」

「次に来たら、二度と立ち上がれねぇほどぎったぎたにしてやる」

金糸雀の世話を手伝うお吉相手に、馬琴はこめかみをぴくぴくさせながら悪口《あっこう》雑言《ぞうごん》の限りをつくした。

あの僧侶は突然宗伯の診療所の前で経《きょう》を読みだしたという。

「外聞《がいぶん》が悪いから金を握らせる輩《やから》が多いのを見越してやってやがる。目的はこれだ」

親指と人差し指で○を作る。

「おれさまの目の黒いうちは、坊主のなりをしてる小悪党なんかにびた一文払わねぇ」

尾っぽが長いのやら、頭の飾りが大きいのやら、さまざまな金糸雀が、馬琴の大声に負けずに盛大に鳴いている。吉は手際よく、餌《えさ》と水を替え、籠の汚れを落とし、青菜を入れていく。

「でも水をかけるなんて……びしょびしょでしたよ、この寒いのに」

「知るか。自業自得《じごうじとく》だ。そうでもしなきゃ、どきやしねえ。十日ばかり前も、同じようなくそ坊主がやってきやがって、宗伯と押し問答《もんどう》になっちまった。宗伯はおれと違っておとなしいからな。おれが出ていくまで、きゃつは半刻（約一時間）あまりも大声で念仏《ねんぶつ》を唱《とな》えやがった。診療を待っていた病人たちも震えあがっちまった。やつらは、大店や医者の家の前で死人が出ると騒げば、金が稼《かせ》げると思っていやがる」

馬琴はふんと鼻を鳴らした。

「なめられたらおしめえだ。神や仏を騙《かた》って、人から金品を巻き上げようとする輩は堅気《かたぎ》じゃねえ。盗人《ぬすっと》とおんなしだ」

金糸雀の世話が終わると、吉はお茶を淹《い》れ、松五郎と民からもらった久寿餅を出した。

「ん、うめえな。どこの店のもんだ?」

「川崎のお客様から頂戴したとか……」

「小麦がとれるからな、川崎は」

乳白色の久寿餅をふぐふぐ嚙みながら、馬琴は続ける。

「知ってるか、お吉? 久寿餅は、大洪水が生みの親って」

「えっ?」

「洪水で水をかぶった小麦が一年後にぶくぶくしているのを見つけた何の何某《なにがし》が、なんとか食べようと工夫して生まれたという説がある」

川の氾濫《はんらん》であふれるのは汚い泥水だ。そんなものをかぶって放置され、泡立っているようなものを食べようと、自分は思うだろうか。吉は、乳白色の久寿餅をまじまじと見つめる。

「これって……すごい執念《しゅうねん》で生まれたお菓子だったんですね」

「普通、んなあぶねえもんは食べねえよな」

「……命がけですね」

「酔狂《すいきょう》にもほどがある。ま、おかげでこうやって食えるがな」

馬琴はぐびりとお茶を飲む。

「以上！」

ひとこと叫《さけ》ぶと、馬琴は立ち上がり、奥の間に向かう。すっかり機嫌が直ったようだった。

だがすぐに馬琴は戻ってきた。

「お吉、甘藷《かんしょ》を持って行け。川越《かわごえ》からもらった」

どこに隠れていたのか、しずしずと女中が現われた。女中は籠いっぱいの甘藷を吉に差しだした。

冬本番となり、空気がきりっと冷えてくると、焼き芋《いも》を売る木戸番小屋が多くなる。

石焼きとか十三里と書かれた幟《のぼり》をたて、店の前のへっついに焙烙《ほうろく》をのせて芋を焼き、町中にいい匂いを漂《ただよ》わせる。十三里は、栗（九里）より（四里）うまいという意味だ。

馬琴からもらった甘藷はころんと丸くて太い。川越の甘藷は折り紙つきで、うまいもの番付《ばんづけ》にも載っている。その中でも馬琴の元に届くものは選《よ》りすぐりに決まっていた。

神田明神に足を伸ばしたのは、甘藷をもらって嬉しかったからだ。民や、長屋の咲《さき》にも分けたら喜んでくれるに違いないと思うと心が弾《はず》んで、神様にも手を合わせたくなるというものだ。

神田明神は常に人で賑《にぎ》わっている江戸随一《ずいいち》の神社だが、今日は参拝人の数がさらに多いような気がした。

通り過ぎた茶店から娘たちの声が聞こえた。

「この甘酒代で、がま口はからっぽになっちゃった。恵比寿《えびす》様には金運が上がるようにしっかりお願いしなきゃ。お賽銭がなくても大丈夫よね」

「大丈夫大丈夫。神様は気にしないって。相手が神様でも無い袖《そで》はふれないし。

あたしの懐もすっからかんだ」

「ほんと、不景気っていやだ。去年の今頃はお正月用に新しい着物をあつらえてもらったのに、今年は呉服屋のごの字もなし。しみったれちゃって」

「恵比寿様だけじゃなく、大黒様《だいこく》にもちゃんとお参りしようね。気合い入れて」

「もちのろんよ。なんてったって、ここの大黒様は弁財天様《べんざいてん》もおったまげなお力をお持ちですもの」

「そうそう。縁結びじゃ、鉄板ですから。ねぇ〜。あのへちゃむくれのおしずちゃんが筆屋の跡継ぎと祝言《しゅうげん》あげたのも、ここの大黒様に拝《おが》んだおかげだって」

「いい男よね、金太郎みたいな顔しちゃって。くやし〜いっ」

「目鼻立ちがぱりっとして、優しくて、お金をたんまり持っている男と、めあわせてくれるように頼まなくっちゃ」

「いいねいいね、女中はいっぱいいて、おまえは何にもしなくていいよ、芝居でも見に行っておいで、なんていってくれちゃう男ね」

「そうそう。呉服屋を呼んで新しい反物と帯を買ったらどうだい？　おまえは何でも似合うから、なんてこともいってほしいわん」

いったい、そんな男がこの江戸のどこにいるのか、いるもんなら教えていただきたいと、吉は振り返って娘たちを見た。年ごろの町娘ふたりが茶店の長床几《ながしょうぎ》に座って冬の日差しを浴《あ》び、屈託《くったく》なく笑っている。

「さ、行こう！　遅くなると、またおっかさんに文句いわれちゃう」

「おばさん、ごちそうさま！」

ふたりは店の奥に声をかけ、立ち上がる。どちらも木綿《もめん》の着物に綿入れを羽織り、裸足《はだし》に下駄をつっかけている。親は小さな店をやっていて、娘たちは店番を手伝っているのかもしれない。ちょっとだけ仕事を抜け出して、仲良しと神田明神に駆けてきたように見えた。

神田明神に入っていくふたりの後ろ姿を見つめていた吉の目が、はっと大きくなった。ぽんと手を打つ。

「……いける！」

吉は一目散《いちもくさん》に風香堂に戻り、二階に駆け上がった。

「旦那さん、思いついたことがあるんですけど……」

吉が光太郎に提案したのは『願いが叶う　江戸の七福神巡り《しちふくじん》』だ。

「七福神なら、商売繁盛、五穀豊穣《ごこくほうじょう》、学業成就《じょうじゅ》、諸芸上達、家内安全、家庭円満、延命長寿、立身出世《りっしんしゅっせ》、恋愛成就なんでもござれです」

光太郎は顎をなでた。じっと考え込んでいる。

「……初詣《はつもうで》にひっかけるか。……参道のうまいもの、お得な買い物案内もつけて……」

吉はぎょっとして光太郎を見た。

「また、店紹介ですか？」

浅草案内では、地元に詳しい人からさまざまな店を推薦してもらい、一軒一軒足を運び、店と目玉の商品を掲載した。健脚《けんきゃく》には自信があった吉だったが、足の指に肉刺《まめ》ができるほど歩いた。通り一遍の絵しか描かないすみに、何度もやり直しも頼み、なんとか版木《はんぎ》屋にまわしたときには体も頭もからっぽになった気がした。

おまけにあのときは、娘義太夫《むすめぎだゆう》の若駒《わかこま》のびいどろを見てしまったために、骨董商・新富《しんとみ》と昆布問屋・冨八《とみはち》による抜け荷事件に巻き込まれ、吉もすみもあわやのところで異国船に売られるところだったのだ。土壇場《どたんば》で助かったからいいようなものの、あんな思いは二度としたくない。

いずれにしても、店の聞き取りがあればあるほど歩き回らなくてはならない。すみと組むのであれば二人分がんばらなくてはならないということでもある。

「お吉、当たる記事と当たらねえ記事、どこに違いがある？」

光太郎は吉のことなどおかまいなしに続ける。

「当たる記事には、みっつの特徴がそろってんだ。当たらねえ記事にはそれがねえ。たとえばひとりの女がいたとする。美人。男たらし。その上、大泥棒ときたら、売れる。男だったら、相撲《すもう》取り、強い。その上、美男だったらどうだ？」

思わず吉はなるほどとうなずいた。

ぱしんと音をたてて、光太郎は自分の膝をたたいた。

「よし、七福神で行こう。御利益《ごりやく》、初詣、買い物食べ物で三つだ。神頼み、旬、人の欲の三本立てでもある。売れるぞ、こりゃ。売れねえわけがねえや。で、どこにする？　七福神なんて、江戸のどこにだってあるぞ」

吉は黙り込んだ。自分の企画が通ると、急に不安になるのだ。もし売れなかったら、風香堂に損をかけたら申し訳ないと気持ちがひるんでしまい、次の決断ができなくなってしまう。

光太郎の眉間《みけん》にしわが寄った。

「おめえの目の付け所は悪くない。だがいっつもその先が続かねえ。人に話をするときには、たとえばどうするかってとこまで用意しとけ」

「……すみません」

くすっと笑いを嚙みころす気配がした。すみが窓際の文机《ふづくえ》の前で、ちんまり座って口に手をあてている。目が意地悪く光っている。

人前では多少なりとも爪を隠しているが、すみは近ごろ、吉のいうことをあからさまに無視するようになった。吉がすみの絵に注文をつければ露骨《ろこつ》に不服な顔をする。吉もまた書き手の見習いで、絵師見習いの自分とさほど差がないのに偉《えら》そうにされたくないと、面と向かっていわれたこともある。一階の口さがない男たちと一緒に、背が高い吉を半鐘泥棒《はんしょうどろぼう》みたいと笑っていたことも知っている。

その上、光太郎に吉が叱られるたびに、こんな風にクスクス笑ったり目をぱちぱちしたりして吉の傷口に塩を塗《ぬ》ろうとする。

抜け荷の輩につかまったとき、先にすみを逃がそうとした吉になついたように見えたのだが、喉元過ぎれば元の木阿弥《もくあみ》だった。

「初詣といえば、御府内だと浅草寺《せんそうじ》、神田明神、湯島天神《ゆしまてんじん》、両国もありだな。……いやここ日本橋か？」

ぎょろりと目を回して、光太郎は吉を見た。合点《がてん》したようにきっぱりという。

「神田明神、湯島天神、そして日本橋七福神で決まりだな、お吉、おすみ」

「あたしもやるんですか」

すみが叫んだ。

光太郎が腕を組み、うむとうなずく。

「また、お吉さんと一緒なんですか」

すみが恨《うら》めしげな声をあげる。それはこっちの台詞だと吉はむっとした。だいたい書き手は吉と絹しかいないのだ。

「何か別にやりたいことがあるのか。あるんならそっちをやってもいいぞ」

「…………」

「それともお絹と組むか」

文机に向かっていた絹にみなの視線が集まった。絹のこめかみがぴくりと動く。

「そうしろといわれれば、おうけします。……ただし、おすみさんには一から十まで私の言う通り、動いていただきます。それでよろしゅうございますか」

顔もあげずにさらっといい切る。よくぞいってくれたという爽快《そうかい》な気持ちと、これでまた自分がすみと組むことが決定だというがっかりな気分が混じり合い、吉の口からため息が漏れ出た。

「発売は師走《しわす》（十二月）のはじめ。明日から動け」

神社は社務所にいる氏子《うじこ》に案内してもらうといいと、光太郎がつけ加える。

吉はすみを見た。すみは仏頂面《ぶっちょうづら》をしたまま吉と目を合わせない。

「明日は明神様をぐるっと回ってみましょう」

「……あ〜あ、あたしも書き手だとよかったわ」

それなら吉や絹となんか組まなくて済むとばかり、すみはぶつくさとつぶやいた。

馬琴の甘藷を届けがてら、帰りに民と松五郎を訪ね、伊勢平川の夜逃げの話をすると、ふたりは、佐助はどうしているのかと眉を寄せた。今のところ佐助からの知らせはないという。

「明日、佐助の長屋に顔を見に行ってみるよ」

とことん面倒見のいい民がいった。

湯に行き、朝に用意していたおかずで軽く晩飯をすますと、いつものようにとぉんと帖に、久寿餅のことを綴《つづ》った。吉は文字を覚えた六歳から、食べたお菓子のことを書き続けている。このとぉんと帖がきっかけで、吉は読売屋になった。

松緑苑の閉店が決まったころ、たまたま店に菓子を買いに来た光太郎が、吉がうっかり落としたとぉんと帖を拾《ひろ》い、それを読み、おもしろがってくれて、風香堂に誘ってくれたのだ。

その晩、吉はなかなか眠れなかった。明日、すみと一日中一緒だと思うと気が重い。胃の腑《ふ》がきゅうっと痛んだ。

二

ずっしり重い甘藷だ。井戸水で泥を落とし、磨《みが》くように洗うと、甘藷ならではの艶《つや》のある小豆《あずき》色の皮が見えた。ころんとした形、表面に傷もなくつるりとしている。両端がほんの少し黒くなっていることに気づき、吉にもう一度笑みが広がった。黒くなっているのは、飴《あめ》色の蜜が乾いた証《あかし》である。実がつまっているからか、包丁を入れるとパンとはじけるようだった。

吉は甘藷を拍子木に切り、水に浸《ひた》した。しばらくして水気を切り、少し温まった油にいれ、じっくり火を通す。最後に火を強くして、甘藷が薄く色づくと網で引き上げ、油を切った。これに砂糖といりごまをふれば、芋かりんとうができあがる。

どんぶりにいっぱい盛りつけ、吉は外に出た。隣に住む咲に声をかけ、芋かりんとうを手渡す。咲は研屋《とぎや》の鉄造《てつぞう》の女房で、昨年古希《こき》を迎えた姑《しゅうとめ》の里《さと》と三人で暮らしている。

「ばあちゃん、お吉ちゃんが珍しいもんをくれたよ」

一間きりの狭い家なので、咲がそういったときにはもう里が戸のところまで出てきて、どんぶりをのぞき込んでいた。

「甘藷のかりんとうか。うまそうだ」

「おやつに食べて」

咲の子どもたちはみな所帯《しょたい》を持って、とうに家を出ている。咲と里は弟妹を育てながら働く吉を、陰になり日向《ひなた》になり助けてくれた。長屋の親代わりでもある。弟の太吉《たきち》がかぎ裂《ざ》きを作れば黙って繕《つくろ》ってくれた。妹の加代《かよ》には運針《うんしん》を教え、浴衣《ゆかた》くらいなら楽々作れるまでに仕込んでくれた。ふたりとも呉服屋から仕立てを頼まれるほど裁縫《さいほう》が上手で、今も依頼は引きも切らない。

甘いものに目がない里は一本つまんでぽりっと口にした。

「ん、いい味だ」

「ばあちゃんたら、子どもみたいに。ではあたしも」

咲も一本手につまむ。姑と嫁《よめ》だが、ふたりは馬が合い、実の母娘のようだ。どんぶりを差し出され、吉も一本手に取った。外はカリカリ、中はほっくり。甘藷のほのかな甘みに砂糖の甘さといりごまの香ばしさが加わり、こたえられない。

美味しそうに食べる吉の顔を見ていた咲は、ふと空を見上げた。

「今日も冷え込みがきついね。あったかくしてお出かけよ」

首元に襟巻《えりま》きをきっと巻いた吉は、咲と里に見送られ、長屋を後にした。


金糸雀の世話を終えると、吉はいつものように馬琴にお茶を淹れた。馬琴は煎《せん》茶《ちゃ》が好きで、お湯の熱さや淹れかたに小うるさい。馬琴に文句ひとついわれないのは、菓子匠で女中をしていた吉だけだった。今日もよく温めた湯飲みに、少しぬるめのお茶をたっぷり入れて、芋かりんとうを盛った皿を前におくと、馬琴の眉が上がった。

「おめえが作ったのか」

「昨日いただいた甘藷で……お口に合えばいいんですけど」

ふむといい、馬琴はぽりっと噛む。感想はないが、すぐにまた手が伸びた。

「伊勢平川の夫婦のことだがな、女房が主に愛想《あいそ》づかしをして実家に帰ったといわれてるだろ。ありゃあ、逆らしい」

いきなり馬琴はいった。当代一の人気読本作家の馬琴の元には様々な人が出入りしていて、幕府の動きから町の噂《うわさ》までありとあらゆる話が集まってくる。

「逆って、主が女房に愛想づかしたってことですか」

「うむ。女房の名はおひろ。伊勢大黒の一人娘でな」

伊勢大黒は江戸を代表する呉服屋のひとつだ。ひろは乳母日傘《おんばひがさ》で育てられ、子どもの頃から音曲《おんぎょく》、生け花、茶の湯、踊り、書道とあらゆる習い事をした。気持ちがあれば違ったのだろうが、どれも本気にならないため、ものにならなかったという。

子どもの頃はそれでもまわりがちやほやしてくれた。三味線《しゃみせん》や踊りのおさらい会では尺八《しゃくはち》や長唄《ながうた》の名人を頼んで賑やかに盛り上げてもらい、お茶会では指南《しなん》役に隣に座ってもらいお正客《しょうきゃく》をつとめた。

ひろの鼻がぽきんと折れたのは、年頃になったときだった。ものの数にも入らない力しかないくせに主役でないとおさまらない目立ちたがり屋と評判が立ち、稽古《けいこ》仲間からは冷ややかな目が向けられるようになった。極めつけは、降るように縁談があってもいいはずなのに、持ち込まれるのは伊勢大黒の金をあてこんだ格下の家からのものばかりということだった。親はもちろんひろもそんな縁談には見向きもせず、稽古事もひとつ、またひとつとやめ、気がつくと年月ばかりがたっていた。

「いき遅れの年増《としま》だ」

馬琴は容赦《ようしゃ》なくいい切る。

吉の胸がさっと鳴った。

二十五歳の吉も世間ではいき遅れの年増といわれている。吉だって独り身を通そうなんて思ってはいない。口にはせずとも、いつかは人の女房になり、子どもを産み育ててみたいと思っているが、気がつくとこの年になっていたのだ。

真二郎の顔がふと浮かぶ。いつからか真二郎を憎からず思うようになったが、絵師として町人同様の暮らしをしていても、真二郎は与力の次男であり、跡取りのない与力や同心《どうしん》の家から養子の話もあるに違いなかった。

夫婦になる男と女は縁の糸で結ばれているという。真二郎と自分がつながっていてほしいと願いつつ、じたばたしても仕方がないとも思う。こんな分別《ふんべつ》ができたのも、年齢を重ねたからだろう。

馬琴の話は続いている。ひろが三十になったとき、年の離れた弟で跡継ぎの徳佐衛門が嫁を迎えたという。

「そこでおひろの相手として白羽《しらは》の矢が立ったのが十歳年上の番頭の鉄太郎だった。おひろみてえな小姑《こじゅうと》がいたんじゃ、嫁に逃げられかねねぇ。おひろを嫁にすれば暖簾分けをしてやるという申し出を、鉄太郎は断れなかったんだろう」

鉄太郎は十歳から伊勢大黒で奉公をはじめ、三十五で番頭になったまじめ一本の男だった。けれど、鉄太郎とひろは相性が悪すぎた。

夫婦になったものの、ひろは家のことはすべて女中まかせで、伊勢大黒のお嬢さん気分が抜けず、毎日、めかしこんで芝居小屋に通い、大判振《おおばんぶ》る舞《ま》いを繰り返す。鉄太郎も元の主の一人娘を強い言葉でいさめることもできず、すぐにふたりの部屋は別になった。

底が抜けた桶のように散財《さんざい》するひろのせいで、伊勢平川の資金繰りは少しずつうまくいかなくなった。伊勢大黒もひろのせいだとわかっていたので、何かと伊勢平川を援助していたらしい。

ところが今年に入ってひろは芝居通いをぴたりとやめ、熱心に踊りの稽古に通いだした。

「よかったじゃないですか」

「それがそうじゃねえんだ」

師匠は三十手前の、役者にしたいほどの美男で、文字通り手取り足取りひろに踊りを教え、ふた月に一度はおさらい会を催《もよお》し、そのたびにひろは、目の玉が飛び出るほどのお礼を師匠に包んだ。

「堪忍袋《かんにんぶくろ》の緒が切れた鉄太郎がついにおひろに出て行けと叫び、渡りに船とおひろが出て行き……伊勢大黒の金も途絶《とだ》え、伊勢平川が終わったというわけだ。……お吉、口を閉じろ。いかにも間抜《まぬ》けに見える」

「あ……」

吉はぽかんと開けていた口をあわてて閉じた。

江戸には毎日食べるだけでもかつかつの人間が大勢いるのに、働かずして湯水のように金を使っているひろのような人間もいて、みな同じ空気を吸っているというのが不思議でならない。

馬琴は芋かりんとうをまた一本つまんでぽりぽり食べる。皿が空になりかけている。

「おひろの踊りの師匠、なんてったかな。そうだそうだ。関寿《かんじゅ》というたいそうな名前で、花間流《はなまりゆう》の宗家《そうけ》という触れ込みで……」

「花間流……聞いたことが……」

「ねぇだろ。そいつが新たに起こした流派だからな。だから宗家なんだ。関寿は、金持ちの弟子を結構です結構ですとおだてるのがうめえんだとよ」

「……それでお金をとるなんて。……うまくなるんですか、踊りは」

「なるわけねえだろ。いいんだよ、習ってるほうだって、うまいうまいとほめられて、いい心持ちになりたいだけだから。ほめ殺しにされるために束修《そくしゆう》を払ってる。男と吉原《よしわら》の花魁《おいらん》と同じ構図だな。ま、これも世の中だ」

最後の芋かりんとうを口に入れると、馬琴は立ち上がった。ふすまを閉めようとして振り返る。

「まだ甘藷はあるか」

「はい。たくさんいただきましたので」

「なんてことないおめえの菓子も、たまにはいいもんだな。口飽きがしねえ」

また何か作ってこいということらしかった。

すみとは神田明神の鳥居の前で四つ（午前十時）に待ち合わせだった。

神田明神は、千年も前からこの地に鎮座《ちんざ》する由緒《ゆいしょ》正しい神社で、江戸の総鎮守《そうちんじゅ》として庶民から将軍家まで幅広い人々に崇拝《すうはい》されている。

すみは珍しく四つの鐘《かね》が鳴り終える前にやってきた。

光太郎がいったように、社務所に行き、氏子に神社の案内を頼む。

「風香堂さんですかい。光太郎さんにはいっつもお世話になっておりやす」

六十がらみの上品な男は、彦助《ひこすけ》と名乗った。氏子代表のひとりで、参道で土産物屋・神田を営んでいるという。袷《あわせ》の上に藍《あい》の綿入れ半纏を羽織り、足下には鶯《うぐいす》色のあたたかそうな足袋《たび》をはいている。今は隠居して、朝から晩まで社務所に詰めているといって、穏やかに微笑んだ。

彦助は吉たちを連れて鳥居のところまで戻り、神田明神の説明をはじめた。

「ここから見える朱塗《しゅぬ》りの門は、随神門《ずいしんもん》。門の左右には、門守の神様といわれる豊磐間戸神《とよいわまどのかみ》、櫛磐間戸神《くしいわまどのかみ》が鎮座なさっております。邪悪なものが境内《けいだい》に入らないように、祓《はら》ってくださっているというわけです」

すみは物見遊山《ものみゆさん》でもしているようにあたりをのんびり見回している。吉は筆を走らせながらすみに声をかけた。

「おすみさんも、彦助さんから聞いたことを書いて。気がついたことも」

「なんで？　お吉さんが書いてるのに。ひとりが書いていればそれでいいじゃないですか。お吉さんが書き手なんだし」

「ふたりで書くほうが安心だから」

「って、お吉さんのためにあたしが書くってことですか」

「おすみさんのためでもあるの。彦助さんから話を聞けるのは今だけだから……彦助さんの話からどんな絵を描けばいいのか、切り口が見えてくるかもしれないでしょ」

「わかったわよ。書けばいいんでしょ、書けば」

神様の前だというのに、すみは口をとがらせて乱暴に帳面を開く。

手水舎《ちょうずや》で手を清め、境内を進んだ。

いいところの楽隠居という風情《ふぜい》だが、彦助は博識で、社殿の裏にある江戸《えど》神社、末廣稲荷《すえひろいなり》神社などの摂末社《せつまつしゃ》のいわれから、三年前に神田仲町《なかちょう》に住む柴田《しばた》何某が持ち上げた力石《ちからいし》、月見の名所として名高い明神男坂《おとこざか》、災難除け・厄《やく》除け・縁結びのご神徳《しんとく》を持つご神木《しんぼく》の大銀杏《おおいちょう》、お百度石《ひゃくどいし》のことまで、ことこまかに説明してくれる。百八の氏子町を代表する人物だけのことはあると、吉は内心舌《した》を巻く思いだった。

神田明神は吉にとって子どもの頃から幾度となく通った神社だ。たいていのことはわかっていたつもりなのに、知らないことも多かった。

江戸湾に入ってくる船はみな明神坂を目指してくるとか、社殿の裏にある摂末社の鳥居をすべてくぐってお参りするとぼけ防止、健康長寿、五穀豊穣などの御利益があるなど、すぐに誰かに教えたくなる話もいっぱいあった。

「『鎌髭《かまひげ》』で将門《まさかど》を演じられる成田屋《なりたや》さんとのご縁も深いんです」

成田屋とは市川團十郎《いちかわだんじゆうろう》家のことだ。彦助は続ける。

「市川家のお家芸で上演すれば必ず大入りになる『助六《すけろく》』を舞台にかけるときには、摂末社の水神社、正式には日本橋魚河岸《うおがし》水神社への参拝をなさいます」

「團十郎さんが、こちらの水神社に?」

「ええ。歌舞伎《かぶき》と魚河岸の関係は格別ですから。魚河岸の旦那衆が助六の紫《むらさき》色の鉢巻《はちまき》と下駄を贈るのも習《なら》わしですし、助六の出端《でばな》の河東節《かとうぶし》の場にはその旦那衆が出ることだってあるんです。まったく、うらやましい話です」

「團十郎さんの助六は、一度見てみたいと思っておりました。どんなにかっこいいかしら」

「それは見事なもんですよ。……お吉さんも團十郎さんがご贔屓《ひいき》なんですかい？」

彦助も相当な歌舞伎通らしい。急に打ち解けた表情になった。

團十郎が好きな菓子を聞きに行き、翠緑堂の水羊羹を読売で紹介したことがあるというと、彦助は目を見張った。

「覚えてますよ、あの読売は。あれをお吉さんが。こいつぁたまげた。團十郎さんが水羊羹を好きだなんて、あの読売が出るまでは誰も知らなかった。甘いもの嫌いを公言していましたからね。それが水羊羹だけは別物だとはねぇ。それも先代、先々代との絆となった菓子があったとは……贔屓筋では大騒ぎで。私も翠緑堂さんに水羊羹を買いに走った口です。それから、菊五郎《きくごろう》さんのお好きな菓子もご紹介なさっていましたね。よくまああの偏屈な、いや、難しいところのある菊五郎さんから菓子の話を聞き出したと、感心していたんですよ」

早くに後ろ盾である父の先代を、続いて祖父の先々代を失い、苦労を重ねて当代一の歌舞伎役者になった七代目團十郎が、幼い日の稽古の後に父と祖父と食べたのは、勇吉の水羊羹だった。吉が探し出した勇吉の水羊羹は、松五郎との出会いだけでなく、團十郎の思い出をもよみがえらせたのだった。

この間も、参拝の人は引きも切らない。

「ほんとに大勢の方が参拝なさっているんですね。歌舞伎役者からお武家様、お年寄りから若い娘さんたちまで……どんなことを願う人が多いんでしょうね」

「人それぞれでしょうな。お武家様なら武運長久《ぶうんちょうきゅう》や出世運、あるいは学業成就、商売をしていれば商売繁盛。おかみさんたちは家庭円満、家内安全、年寄りは健康長寿、若い娘さんは縁結びというところでしょうか」

それまで吉の顔を見て話していた彦助が、縁結びというときだけ、すみのほうを見た。すみが我が意を得たりとばかり、大きくうなずく。

「そうですよねぇ。あたしもお願いすることといったら、やっぱり縁結びです。でもなかなか思う人には出会えなくて……」

「まだ時期ではないのかもしれませんな。いつかいい人に出会えますよ。神様はいちばんいいときに巡り会わせてくださるのですから。焦ることはありません」

彦助は目を細め、手を横にふる。

「そうなんですね」

すみは小さな手を胸の前で合わせる。かわいらしく見えることを知っていて、あえてやるところがあざとい。

「お吉さん、お参り、がんばりましょう。焦ることはない、ですって」

彦助が吉をはっと見上げた。てっきり吉は既婚だと思っていたとその顔に書いてある。わざとよけいなことをいったすみは笑みをこらえ、そっぽを向いている。

彦助と別れるなり、すみはくるりときびすを返した。

「あたしはここで」

「あら、参道の店を見て歩こうと思ったのに。風香堂に戻るの」

「いえ、ちょっと」

思わせぶりにいって、すみはしゃなしゃなと行ってしまった。

吉はふうっと息をはき、ひとりで参道を歩くことにした。

彦助の店・神田は参道の中央にある、間口四間（約七・二メートル）のとりわけ大きな店だった。

小風呂敷や風呂敷、巾着《きんちゃく》、表紙が布張りになった帳面などのかわいらしい小物を求める娘や女房たちでごった返している。柄も素材も豊富で、絣《かすり》から江戸小《こ》紋《もん》やちりめんまでと、木綿ものから絹までさまざまなものがそろっている。

人気は小風呂敷のようだった。小風呂敷の役目は包むだけではない。手ぬぐいと同じで使い方は無限だ。籠にかければ目隠しになる。箪笥の上におけば敷物になる。半襟《はんえり》がわりに使うこともできるし、寒いときには襟巻きにもできる。

娘たちの手は花や蝶々《ちょうちょ》、御所車《ごしょぐるま》などきれいなものに伸びているが、女房や年配の女たちが目を留めているのは、意味のある柄もののほうだ。子孫繁栄と商売繁盛が願える「ひょうたん」、家庭円満の「七宝《しっぽう》つなぎ」、健康長寿の「亀甲《きっこう》」、その成長が早くまっすぐ伸びることから子どもの健康と成長を願う「麻《あさ》の葉」……。

丁稚《でっち》が手すきになったところを見計らい、吉は土産の売れ筋は何かと聞いてみる。そろいの藍染めの半纏に前掛けをした丁稚はまだ顔にも体にも幼さが残っているのに、商売っ気《け》はたっぷりだ。

「おすすめは桜と菊、桜と紅葉《もみじ》などを組み合わせた春秋柄《しゅんじゅう》でございます。華やかですし、季節を問わずに一年中お使いいただけます。また蘭《らん》、竹、菊、梅の四つを組み合わせた「四君子《しくんし》」なども老若《ろうにゃく》を問わずに人気がございます。今の季節のならではのものをお望みでしたら、まもなく師走ですので、七福神が乗った宝船柄はいかがでしょうか」

立て板に水のごとく、丁稚は一生懸命述《の》べる。それが微笑ましくて、吉はうなずきながら聞き入った。吉も、松緑苑で女中をしていたとき、客から菓子について聞かれると、どんなに美味しいかを伝えたくて、息せき切って話していた。

丁稚は、次々に小風呂敷を吉の前に広げる。そのとき吉は一枚の小風呂敷に目を留めた。地色は目が覚めるような山吹色《やまぶき》だ。

「これは……」

「お目が高い。明神様の大黒様ゆかりの打出の小槌《こづち》の柄の小風呂敷でございます。地色は黄金《こがね》を思わせる山吹色。金運が上がること、間違いございません。こちらは木綿ですが、ちりめんのものもございます」

縁結びの柄の風呂敷もあるかと尋《たず》ねると、丁稚はもちろんございますと即答し、愛らしい桃花色の風呂敷を広げた。足つきの六角形の貝桶《かいおけ》と二枚貝の貝殻《かいがら》が描かれている。

貝の合わせ目は、もともと対《つい》だったものとしか合わないということから、貝合わせ柄には良い伴侶《はんりょ》に巡り会えるようにという意味がある。打ち出の小槌柄と貝合わせ柄の小風呂敷は、案内の冊子で紹介する候補になりそうだ。

「いかがでしょうか」

「ちょっと考えます……」

一瞬、丁稚はがっかりした表情になったが、すぐに気を取り直して笑顔を見せる。店の外まで見送りに出て「またのお越しをお待ちしております」と小さな頭を深々《ふかぶか》と下げた。

それから吉は扇子《せんす》屋、手ぬぐい屋、印伝《いんでん》屋など一軒一軒見て回った。

扇子屋でも「天馬《てんま》」や「龍」、牡丹《ぼたん》や蓮《はす》などを組み合わせた「宝相華《ほうそうげ》」、市川團十郎の「助六」を模したもの、おめでたい「松竹梅《しょうちくばい》」、不老不死や長寿を意味する「鳳凰《ほうおう》」など、参道の店ならではの縁起のいいものが見つかった。

紙の店では、大黒様や恵比寿様、運をかき集める熊手が描かれたぽち袋やご祝儀《しゅうぎ》袋があった。正月をあてこんだ助六柄や平将門を描いた大凧《おおだこ》も売られている。

手ぬぐい屋には、ろうけつ染めで招き猫や大黒様が描かれた暖簾、鼈甲《べっこう》細工の店では打ち出の小槌の形をした帯留めを見つけた。

参道には甘酒屋をはじめ、饅頭、団子、金鍔《きんつば》などの甘いものや漬け物、味噌《みそ》や納豆などを扱う店も並んでいたが、こちらは別の日に回ることにする。

吉が店の聞き取りを切り上げたのにはわけがある。浅草案内をまとめたときには浅草生まれの浅草育ち、浅草きっての米屋・出羽《でわ》屋の女将である真砂《まさご》が、太鼓《たいこ》判《ばん》の店を教えてくれた。今回も神田湯島日本橋の店に通じている人に話を聞きたかった。

吉がまず訪ねたのは湯島のよしだった。

神田から湯島はすぐである。

よしは鳶《とび》の頭の後家《ごけ》で、火消《ひけし》だけでなく町のもめ事の仲裁《ちゆうさい》から湯島天神の富くじの準備や警備まで取り仕切る、大勢の鳶たちの世話を今も引き受けている。

ぬかで磨き上げたようなきめ細やかな肌に、なつめ形の切れ長の目、指でつまんだような形のいい鼻、少し大きめの口と、すさまじい美形な上、よしはひと声で威勢のいい鳶たちを動かす胆力《たんりよく》も持ち合わせている。

五月に、ここ湯島で酔漢《すいかん》が刀を抜き、芝居小屋に立てこもるという事件が起きた。腕利《うでき》きの御用聞《ごようき》きでさえ往生《おうじよう》して動けずにいたその場に、たまたま通りかかったのがよしだった。よしは事情を知ると、ぱぱっと着物を脱ぎ、腰巻一枚になり、ひとりで芝居小屋に入り、唖然《あぜん》と立ちすくんだ酔漢から刀を取り上げた。

この事件を読売で紹介したために、よしは江戸っ子が大好きな女丈夫《じよじようふ》として有名になり、押しかけた人々で家から出るのもままならなくなった。そんなことになったのは読売のせいだと憤《いきどお》った鳶たちに、吉は拉致《らち》されてしまったのだが、いずれにしてもそのおかげで吉はよしと知り合いになり、好きなお菓子の紹介なども記事にさせてもらった。酔漢との一件を書いたのは吉ではなく絹だったのだが。

店の紹介を頼むと、よしはとんと胸を叩いた。

「うちのもんや町の人たちにも聞いておくよ」

よろけ縞《しま》の袷を粋《いき》に着て、豊かな髪を串巻きにして翡翠《ひすい》のかんざしで留めたよしは、歌麿《うたまろ》の美人絵から抜け出したような美しさだ。

よしは吉と一緒に外に出た。町の人が次々に「およしさん」「お出かけかい」と声をかける。およしはそのたびに、「いい天気だね」「風が吹かないといいけど」と愛想良く答えた。

「ひとつお持ちしましょうか」

よしは大きな包みをふたつ抱えていた。

「助かるわ」

「あら重たい」

嵩《かさ》があるだけでなく、包みはずしっと重い。どちらの包みにも、切り餅とみかん、たくあん、塩昆布、そして湯島天神のすぐ近くにあるかき餅屋の豆かき餅などが入っているという。

「鳶の若い衆に昨日赤ん坊が生まれて何か届けなきゃと思っていたら、同じ長屋に住むばあさんが転んで腰を痛めたって昨日知らせがきてさ」

「まあ」

「自分の来た道、これから行く道が同じ長屋に一度に来ちまった。どっちも、すぐ食べられるもんがいいだろうと、かき集めてきたんだよ」

吉は包みに顔を寄せた。

「元気を出すには美味しいものがいちばんですよね。ん〜豆かき餅の匂いだぁ。香ばしい匂いと醤油《しょうゆ》のちょっと焦げた匂いが混じって、よだれが出ちゃいそう」

豆かき餅は読売でも紹介したおよしの大好物だ。吉はそのサクッと軽い味わいを思い出した。

「お吉さん、今、かき餅を食べてるつもりになっただろ。こっちまで嬉しくなっちまう。……店やの話。急ぎだろ。二日ほどしたらまた来ておくれ。それまでに聞いとくよ」

吉の顔をのぞき込み、よしがふふっと笑った。

風香堂には、すみと光太郎がいた。絹と真二郎は戻っていない。

すみは吉を見ると、口を尖《とが》らせた。

「ずいぶんごゆっくりで」

「参道の店をのぞいて、ついでにおよしさんのところに店の紹介を頼みに行ってきたの。あら、もう絵にとりかかってるの？　宝船？」

文机には宝船の絵が何枚もおかれ、すみも絵筆を握っている。光太郎がしたり顔でいう。

「付録《ふろく》に、宝船の絵をつけることにした。……おすみ、おめえが買ってきた七福神の絵は手本だ。そっくりまねるんじゃねえぞ。風香堂らしいちょいとばかり諧謔《かいぎやく》が利《き》いた絵を描くんだ」

一月二日の夜に見る夢を初夢といい、その晩は吉夢を見るために枕《まくら》の下に七福神の宝船の絵を敷くというのが流行《はや》っている。

宝船は、大黒天、恵比寿、毘沙門天《びしやもんてん》、弁財天、福禄寿《ふくろくじゆ》、寿老人《じゆろうじん》、布袋《ほてい》の七福神に、金銀財宝が載った船がどーんと描かれ、空には鶴が飛び、海には亀が泳ぐという絵柄で、上から読んでも下から読んでも、同じになる「なかきよの、とをのねふりの、みなめざめ、なみのりふねの、をとのよきかな（長き夜の遠の眠りの皆目覚め浪乗り船の音の良きかな）」という回文が添えられている。縁起のよさとめでたさはこの上ない。

神田明神からの帰りのすみの用事は、七福神の絵を探すことだったんだと、吉は合点した。

「で、いい店はあったか？」

吉は神田明神の参道の店にあった縁起物の品々について話した。

「目の付け所はいい。めでたいものは外せねえ。けどな、それだけだと金太郎飴になっちまう。門前町の土産は決まりきってるからな。それより、女が欲しがるものを探せ。この案内を買うのは女だ。女は縁起もんが好きなくせに、たいていがしみったれだ。少し得したような気になるもんをそろえろ。財布をつかんで店まで走り出したくなるような品物を見つけるんだ」

光太郎はひと息つくと続ける。

「明日は、ふたりで七福神を回ってこい。それからお吉、明後日は店の聞き取りだ。こっちは真《しん》さんと回れ。店関係のものは真さんに描いてもらう」

「あたしは？」

すみが自分の鼻の頭を指でさす。

「おすみ。おめえには神田明神と七福神の記事をひとりで書いてもらおう」

「ひとりでって？　文章はお吉さんですよね」

「おめえひとりでっていっただろ。おめえが全部書く」

「ええ〜〜〜っ」

すみの目の玉が飛び出しそうだ。すみばかりではなく吉の口も驚きのあまり、開けっぱなしになった。

「神社なんてもんはなぁ、まじめくさって紹介したっておもしろくもなんともねえや。……神社に行くとき、おめえは何を思っている？　おすみ」

おすみは首をかしげた。

「お吉、おめえは？」

「……御利益でしょうか」

「そこよ！」

光太郎が膝を叩く。

「この神社はどんな御利益があるか。神様にお聞き届けいただくには何にどう気をつけてお参りすればいいのか。みんなが読みたいのはそこだ」

「書き手でもないのに、なんで私が書かなきゃなんないんですか」

すみが光太郎をにらんだ。

「長ったらしい文章を書けなんていったか？　絵で見せるんだ。御利益だって、文字でずらずら書かれたもんなんて読む気がするか？　師走の慌ただしいときに、小難しい文章を悠長《ゆうちょう》に読もうなんてやつぁいねえよ」

「…………」

「前に、真さんが朝鮮人参《ちょうせんにんじん》を描いたことがあっただろ。あの要領《ようりょう》だ」

朝鮮人参の効能《こうのう》を紹介した記事の絵で、真二郎は人の姿をした朝鮮人参を描いた。人の姿に近いものほど、効能があり、値も高いと聞いたからだ。主となる根が胴体。側根《そっこん》が手足、側根から出た何本もの細く長い根は指……。顔に当たる部分に、目鼻口と思えるくぼみをつけた。禍々《まがまが》しいまでに迫力があり、その絵だけで病気を吹き飛ばしそうだった。

「七福神を回ったら、おすみ、あとは絵にかかりっきりになっていいぞ」

「……でも……」

「わからねえと思ったら、現場百遍《ひゃっぺん》。何遍でも通って描け」

すみの不満顔を無視して光太郎が出て行くと、すみは涙目で吉に食ってかかってきた。

「……ずるい、ずるいですよ、お吉さん。そっちのほうがずっと楽じゃないですか……」

「楽だなんて。お店、何軒、回らなくちゃならないか見当もつかないのよ」

「でも、絵で神社を紹介するなんて……どうすればいいんですか」

「さぁ」

「そんな無責任な」

「大変だと思うけど……いい勉強になるかもしれないじゃない？」

「他人ごとだからって、よくいうわ」

押し黙った吉に、すみはかさにかかって言葉をぶつける。

「だいたいお吉さん、勉強になるってあたしにいえた義理ですか？　見習いのくせに。真二郎さんと一緒に回れるってんで、よかったぁって思っているんじゃないの？　それであたしが貧乏くじを引くなんて、やってられないわ」

真二郎と一緒に店を回るのが楽しいから、光太郎の提案に従うようにと、吉がいっているわけではない。

けれど、真二郎と一緒に店屋の取材ができると、胸が弾んだのも図星《ずぼし》だ。

気がつくと戻ってきた絹が階段のところに立ち、じっとこちらを見ていた。すみだけでなく絹にも真二郎への思いを気づかれてしまったと思うと、恥ずかしさで吉はめまいがするようだった。

そのときだった。絹がつかつかとすみに近づいた。

「そろそろよく動くその口を閉じてくださいませんか。少し前から話を聞いてましたが……楽な仕事がいいなら、この仕事は合いませんよ。だからって、おすみさんに合う他の仕事はなかなか見つからないでしょう。とりたてて技《わざ》や芸があるわけでもない。気も回らない。愛嬌《あいきょう》があるわけでもない。はっとするような美人でもなく、すごく若いわけでもない。その上、やる気もないんですから、ないないづくしです。それでもこの仕事がいやだというのなら、早く見切りをつけるほうがいいでしょう。お好きになさいな、止めません」

冷たい口調でぴしりという。すみは呆然《ぼうぜん》と聞いていたが、うわぁ～っと叫びながら走り出て行ってしまった。

「やかましいっ！　仕事場で泣き声なんか出すんじゃねえや」

「泣くくらいなら、金輪際、帰ってくんなっ」

一階の書き手たちの罵倒がすみの背中を追いかけていく。

二階には絹と吉が残された。

なんとも居心地の悪い静けさの中、絹は窓を開けた。冷たい冬の空気が流れ込んでくる。

「……大名やお旗本の奥に奉公する中にも、なんでも人のせいにして、やることといったら人の足を引っ張るだけという人がおりました。その何倍も多かったのが見て見ぬふりをしている人たち……あとからそれを悔やんでも遅いんです」

絹はひとりごとのようにつぶやいた。

三

その日も早起きをして、吉は包丁を握った。皮を厚めにむき、輪切りにした甘藷を、くんだばかりの水を張るった桶に次々に入れていく。

むいた皮も捨てずに太めの千切りにした。こちらは別の桶の水にさらし、すぐにひきあげた。鍋に醬油、酒、砂糖、水、水を切った皮の千切りを入れ、弱火にかける。ふつふつと汁が煮立ちはじめると、焦げないように箸《はし》を動かし、すっかり汁気がなくなったところで黒ごまを散らした。このきんぴらは朝めしのお菜《さい》だ。

続いて、輪切りにした甘藷を、数滴のお酢を入れた水からゆでる。この間にさっと朝飯をかきこみ、食べ終えた頃には甘藷に竹串がすーっと通るという寸法《すんぽう》だ。

柔らかくなった甘藷は、木べらで丁寧につぶし、黒糖と塩少々で調味し、ざるで裏ごしして、茶巾《ちゃきん》にまとめる。

ひとつつまむと、吉の口の中でほろりと崩れ、なめらかな舌触りが広がる。甘藷の甘さに黒糖のこくが加わり、いい塩梅だと、吉は笑顔になった。

紙箱に甘藷の茶巾絞りを並べながら、吉はすみと絹のことを思った。

昨日、泣いて風香堂を飛び出していったすみは、あの後どうしただろう。今日は風香堂に顔を見せるだろうか。

馬琴は茶巾絞りを気に入ったらしく、帰り際、また甘藷をもたされた。喜んで食べてくれる人がいるのは張り合いになるけれど、毎日自作の甘藷のお菓子を期待されるのも考えものだ。口飽きがしない菓子を考えるのは楽しくもあり、ちょいとばかり、気が重くもある。

風香堂の前では読売売りが声を張り上げていた。

――集まるところには集まり、あとはさっぱり。

金だけじゃねえんだな、これが。女も集まるところにしか集まらねえ。

この江戸を舞台に次々に女をだまして、大金をまきあげやがった野郎がいる。

だましやがった男の名は平助《へいすけ》。「どうせ、役者のような男だろ」と、今、にいさん、いったね。

女をだませる男は、水もしたたるいい男と決まってると思うよな。

この平助。驚くじゃねえか。にいさんと、どっこいどっこいの見てくれなんだ。平たくいえば、目鼻がついてるってだけで、神様が時間をかけずにちゃちゃっとこさえた、目立たな〜い、影のうす〜い、控えめなお顔立ちなわけ。

だが、この平助にかかると女はいちころだ。たちまち女たちの身も心もとろかしちまう。

「あんたのためならいくらでも」女たちは財布の口もゆるませる。

そして女からいただくものをいただいたら、ドロンパッ。

おさらばよ。

こんなときに幸いするのは、目立たな〜い、影のうす〜い風貌《ふうぼう》。巷《ちまた》に紛《まぎ》れて、見つかりゃしねえ。どこを探しても平助はいねえって寸法だ。

平助の、女を骨までしゃぶり尽くす手口がどんなものか、知りたくねえか。

姉さん、どんな男に気をつければいいのか、これを読めばわかるぜ。

さぁ、読売を買っとくれ。

でも、間違っても平助のまねをしちゃいけねえよ。つかまりゃ、遠島《えんとう》、悪くすりゃ首が飛ぶ——

風香堂では、光太郎と真二郎が話をしていた。すみはまだ来ていない。絹もいなかった。

吉の姿を見ると、光太郎は手招きをした。

「おすみのことはお絹から聞いた。今日は真さんと七福神を回ってこい」

「でも七福神はおすみさんと私が一緒に……」

「来ねえやつを待ってる暇はねえよ。おすみにやる気があるなら、改めてひとりで回ればいい。真さんにとっても、七福神巡りは店の下調べにもならぁな。さ、行ってこい」

真二郎は小網《こあみ》神社から回ろうといった。

海賊橋《かいぞくばし》を渡り、松平《まつだいら》様の先を左に曲がる。鎧《よろい》の渡《わたし》から日本橋川沿いの小網町が見える。河岸に立ち並ぶ土蔵が冬の日差しを浴びて白く輝いていた。

渡し舟に乗ればあっという間に小網町だ。

真二郎と一緒に仕事をするのは久しぶりだった。風香堂きっての売れっ子絵師だが、近ごろは、猫絵でも有名な歌川国芳《うたがわくによし》と仕事をするようになり、真二郎は半切り（広告）などにも仕事を広げている。

「ほら」

舟から下りようとした吉に、真二郎は手を差しだした。軽く頭を下げ、吉はその手を握る。川面《かわも》を渡る冷たい風に吹かれて痛いほどだった頰《ほお》が熱くなる。

「七福神とはよく思いついたな」

小網町二丁目と三丁目の間の辻を曲がったとき、真二郎はいった。吉は真二郎を見上げた。真二郎は六尺（一八二センチ）もあり、五尺三寸（一六〇センチ）の吉は肩ほどまでもない。

「時節柄、神社にお参りする人が増えているって聞いて……」

真二郎の横顔に光が反射する。形のいい鼻、キリッと切れ長の目もと、やや大きめの口元。瞳の奥には意志の強さが感じられる。

「光太郎さんも口じゃいわねえが、お吉のこと、ほめてると思うぜ。じきに見習いがはずれるんじゃねぇのか」

嬉しさがこみあげてきたが持ち上げられることになれていない吉は、居心地の悪さに、うつむいてしまう。

小網神社は、お稲荷様を祀った神社で、脇の堀は神社にちなみ稲荷堀と呼ばれている。祀られているのは、七福神の福禄寿と弁財天だ。

福禄寿は長い頭、長い顎鬚《あごひげ》、大きな耳たぶをもち、鶴と亀を連れ、左手には宝《ほう》珠《じゅ》、右手に巻物を括《く》りつけた杖《つえ》を持つ神様だ。長寿、幸福の徳を持ち、招徳人《しょうとくじん》望《ぼう》の神様として信仰されている。弁財天は七福神唯一の女の神様で、知恵と財宝、愛嬌、縁結び、子宝を授けてくださる。

福禄寿と弁財天の像にそれぞれ手を合わせ、神社をあとにしようとした吉を呼び止め、真二郎は社殿の左右を指し示した。どちらにも見事な龍が彫《ほ》られている。

「社殿に向かって右手が、天に昇る昇り龍、左手は天から降りる降《くだ》り龍か？」

「左右で一対になってるんですよ。昇り龍は、参拝者の祈りや願いを神様に伝え、降り龍は、神様からの神徳を授けてくださるんです。これらの龍には強運厄除のご神徳もありますので、どちらにも手を合わせてくださいな」

行き会わせた氏子は我等が神社とばかり、熱心に説明しはじめた。

真二郎は氏子の話を書き留めるだけでなく、素早く絵も描いた。描くことが好きでたまらないということがその姿から伝わってくる。

次に松島《まつしま》神社に向かう。親父橋《おやじばし》の手前を右に曲がり、銀座《ぎんざ》を越えて右へ折れると松島町《まつしまちょう》で、人形細工職人、歌舞伎役者、芸妓などが多く住んでいるからか、花が咲いたような華やかさがある。松島町は、芝居町の芳町《よしちょう》に近かった。

松島神社に祀られているのは、ふるだけでお金やお宝が出てくる打ち出の小槌を持ち、七宝をふんだんに詰め込んだ大きな袋を背負う富と財力の福の神・大黒神で、御利益は商売繁盛、金運上昇、恋愛成就、夫婦和合《わごう》と幅広い。

参道の店にはねずみの人形やらお面が売られていた。

「土産物はねずみか？」

「ねずみが大黒神の神使《しんし》なんですよ。大黒神が火に囲まれて窮地《きゅうち》に陥《おちい》ったとき、ねずみが現われて、自分の住みかに逃げるように伝えてくれたんですって。はじめて参拝なさったの？　だったら、今月の酉《とり》の市《いち》にまたぜひおいでなさいよ。熊手市があるから。店の繁栄を願う商人でびっくりするほどの賑わいよ」

ここでも、話を耳に留め、口をはさんでくれたのは、たまたま隣で手を合わせていた氏子の娘だった。

茶《ちゃ》の木《き》神社は松島神社からすぐだった。こちらに祀られているのは布袋さまだ。弥勒菩薩《みろくぼさつ》の化身《けしん》の布袋尊はお顔には笑みをたたえている。大きな袋には宝物がいっぱい入っていて、信仰の篤い人に分け与えてくださるといわれる。御利益は笑門来福《しょうもんらいふく》、夫婦円満、子宝だ。

続いて入江橋《いりえばし》から竈河岸《へっついがし》を歩き、末廣《すえひろ》神社に行く。

かつてはここに吉原があり、末廣神社は近隣に住む人々だけでなく、遊女たちの氏神《うじがみ》様として信仰を集めてもいたといわれる。その末廣神社に祀られているのは毘沙門天だ。七福神の中で、唯一鎧甲冑《よろいかっちゅう》を身にまとい、雄々《おお》しい表情で邪鬼《じゃき》を足で踏んづけている勇ましさだ。毘沙門天は戦いの神であり、勝負事に福徳を授けてくださる。

「次は椙森《すぎのもり》神社。恵比寿さまですね」

「右手に釣竿《つりざお》、左手に鯛《たい》だな」

人形町通りを大伝馬町《おおでんまちょう》のほうに歩くと左側に、小さな店が並ぶ椙森新道《じんみち》が見える。椙森神社はその先にあった。神田の柳森《やなぎもり》神社、新橋の烏森《からすもり》神社と共に「江戸三森」として信仰されている古い神社で、左手に鯛をかかえ右手に釣竿を持った親しみ深い姿の恵比寿様が祀られている。御利益はご存じ、商売繁盛、豊漁だ。

最後に訪ねた笠間《かさま》稲荷神社は笠間《かさま》藩主・牧野《まきの》家の江戸下屋敷にあった。二月の最初の午《うま》の日、お稲荷様のお祭り初午の日だけは門戸が庶民に開放され参拝も許されるが、その日以外、門は固く閉じられている。

「このあたりで寿老人をお祀りしているのはこちらだけなので、中に入れなくても、門前で手を合わせればいいということでご紹介しようと……」

おずおずといった吉に真二郎がうなずく。寿老人のご利益は、長寿延命、富貴《ふうき》長寿である。

「七福神のひとつでも欠けたらありがたさが半減だからな」

七福神を巡れば、それぞれの御利益だけでなく、七つの災難が除かれ、七つの幸福が授かる「七難即滅《しちなんそくめつ》、七福即生《しちふくそくしょう》」が叶うともいわれている。

多くの大名屋敷の下屋敷がそうであるように、牧野家も留守番の数が少ないらしく、しんと静まりかえっている。まわりは武家屋敷ばかりで、通り過ぎる人も少ない。ふたりが立ちどまり、手を合わせても物珍しげに見る人もいなかった。

小網神社、松島神社、茶の木神社、末廣神社、椙森神社、笠間稲荷神社の六つの神社で、大黒天、毘沙門天、恵比寿天、寿老人、福禄寿、弁財天、布袋尊の七福神を参拝しても、一刻（約二時間）とちょっと。人で混雑する正月でも、気軽に回れそうだ。

笠間稲荷神社こと牧野家の下屋敷を後にすると、ふたりは小川橋《おがわばし》を渡り、竃河岸に戻った。真二郎が懐手をして振り向く。

「そばでもたぐるか」

「あ、はい」

土地勘があるのか、真二郎は辻を曲がると、一軒のそば屋の暖簾をくぐった。昼時とあってそれなりに混み合っている。人いきれとそばをゆでる湯気で、むっとするほど暖かい。真二郎と吉は、小上がりの奥の席についた。

「かけを大盛りで」

「あたしは……あられそばを」

バカガイの子柱を霰《あられ》に見立て、上に散らした温かいあられそばが吉の冬の好物だった。真二郎が眉を上げる。

「大盛りじゃなくていいのか」

「もう、人を大食らいみたいに」

目を見合わせて微笑む。すっかり冷え切っていた指先にじわじわと血が通るのがわかる。気が緩《ゆる》むと、吉はすみのことが気になりだした。

すみは風香堂をやめてしまうのだろうか。

赤ん坊のときに父親を病気で亡《な》くし、母親は三つの時に男と出て行き、以来、すみは祖母と生きてきた。十歳になったころから祖母が内職で作る団扇《うちわ》に絵を描く手伝いを続けた。その祖母も今は年老い、すみが頼りだ。すみは働き続けるしかない。けれど、今のようにすぐに不貞腐《ふてくさ》れて言い訳を重ねるようではどんな仕事もつとまらない。風香堂をやめたら、あっという間に身を持ち崩すことになりはしないか。

そばは細切りでツルツルっと喉越《のどご》しがよかった。だしのうま味に磯の香りが加わり、バカガイの歯ごたえと甘みがあとを引く。

帰りは歩きと決め、親父橋を渡った。

「おすみのことを思ってんだろ」

照降町に入ったところで真二郎がいった。はっと吉は真二郎を見た。

「わかるさ。……ほったらかしちまえば終わりなのに、お吉は見て見ぬふりができねえ。だが、おすみの心持ちを変えるのは楽じゃねえぜ。本人が変わろうとしない限り、また元に戻っちまう」

そのとき女たちがぞろぞろ脇道から出てきた。武家の女、町人の女、若い女もいれば年配の女もいる。みな襷《たすき》で袖をおさえ、手ぬぐいを姉様《あねさん》かぶりにして、鍋やら重そうな風呂敷包みやらを抱えている。その中に墨染めの法衣の女がいた。

「妙恵さん？」

「あら……お吉さん？」

吉が転んだときに駆け寄って、切れた下駄の鼻緒がわりに手ぬぐいを裂いてくれた人だった。

そういえば、照降町の香玉寺にいるといっていた。

「ご縁があるものですね。うちの寺はすぐこの先ですのよ」

妙恵は出てきた脇道の突き当たりを指さす。小さな寺が見えた。

「またお会いできるなんて……その節はお助け頂いて、ありがとうございました」

「こちらこそ、お饅頭美味しかったですよ」

それから妙恵はじっと吉の顔を見た。黒目がちで、吸い込まれそうな澄んだ目をしている。

「ずいぶんお気になさってることがおありなのね……でもお吉さん、ご心配はいりません。ただ、これからも山あり谷ありです。どうぞ、しっかりおやりなさいませ」

吉の目を見つめたまま唐突《とうとつ》にいって妙恵は微笑んだ。「妙恵さ〜ん」と呼ぶ声がする。妙恵は吉に頭を下げ、足早に去っていく。

「知り合いか？」

「鼻緒が切れて転んだときに手をかしてくださって……」

「美人だな」

吉は真二郎を軽くにらんだ。

日本橋川には白波が立っていた。風が強くなってきたようだ。船頭や荷運びの男たちの顔が寒さで赤黒くなっている。

江戸橋を渡りきると、真二郎はいった。

「明日は店を回るか」

真二郎はこれからちょっと出かけるところがあるという。ひとりで風香堂に戻ると思うと、急に吉の気が重くなったが、じたばたしても仕方がない。

吉は海賊橋に向かう真二郎を見送った。真二郎は懐手をして体をすくめながら歩いて行く。体があんなに大きいのに、やっぱり寒さはこたえるんだと吉はくすっと笑った。自分もそうには違いないんだけど。

「ただ今戻りました」

風香堂に戻った吉は目をみはった。

「……お帰りなさい」

すみがいた。

目も合わせず、仏頂面でいい捨てる。すみは立ち上がり、目も合わせずに光太郎にぼそりという。

「明神さまに行ってきます」

「ああ」

光太郎が口をへの字にしたまま、うなずいた。

「失礼」

吉の脇をわざとすり抜けるようにして、すみは階段を降りていく。

「おすみのやつ、今日も遅れてきやがった」

昨日のことには一切触れず、すみは祖母の具合が悪く、遅くなってすみませんと光太郎に謝ったという。

「毎度毎度同じ言い訳しやがって。ほんとかどうか知れたもんじゃねえや。お吉、いつまで鳩が豆鉄砲を食らったような顔をしているんだ。お茶を淹れちくれ」

吉はあわてて口を閉じた。火鉢にかけてある鉄瓶《てつびん》から急須《きゅうす》にお湯を注ぎながら、吉は妙恵の言葉を思い出していた。あのとき吉はすみのことを思っていた。心配はいらないがこれからも山あり谷ありといったのは、すみのことだったのだろうか。

光太郎は湯飲みをとり、ひとくち茶を飲むと、吉を見た。

「おめえ、年寄りが集まっている寺のこと、知っているか？」

ふと香玉寺のことが頭に浮かんだが、ぞろぞろ歩いていたのは女たちだったとあわてて打ち消す。

その寺は、小網町にある宝泉寺《ほうせんじ》という寺で天台宗《てんだいしゅう》の一派だと光太郎はいった。

「隠居連中が集まって……枯《か》れ木も山の賑わいだとさ」

自分が口にした今のくだりが気に入ったのか、光太郎は皮肉な笑みを浮かべた。

「ずっと荒れ寺になっていたのを、今年になってまた開いたと聞いた。そんな寺に、じいさんとばあさんが集まっている。気にならねえか？」

「………」

「どうしてだと思う？」

「さぁ……何か楽しいことでもあるんでしょうか。……たとえば美味しいお菓子が食べられるとか……」

光太郎は顎をなでた。

「よしんば目当てが菓子のばあさんがいたとしても、それだけであっちこっちから毎日人が集まるか？　おめえじゃあるまいし。何か理由がある。お吉、それを調べて、明後日までに記事に仕上げろ」

吉はまたたきを繰り返す。

「明後日までって⁉　……私は今七福神……」

「んなことはわかってる。だが、このねたは放っておけん。絹は別の仕事がある。明後日までにさくっと仕上げるんだ。真二郎と組め。真二郎には明日の朝、おめえが馬琴先生のところに行っている間に話しておく。いいな」

否《いや》も応《おう》もない。甘いものの紹介を書くということで風香堂につとめることを決めたのに、光太郎はそんな約束はすっかり忘れているようだ。

その二　無財《むざい》の七施《しちせ》

一

この朝も昨日同様、吉と真二郎は鎧の渡しから、小網町に渡った。

小網町の河岸《かし》で荷運びをしていた男に年寄の集まるという宝泉寺のことを聞くと、二丁目と三丁目の間の道を指さした。

「その先だ。あんたらまだ若《わけ》えんじゃねえか？　あっこに行くには」

吉と真二郎の顔を見て眉《まゆ》を上げる。近くの者に知れ渡っていることがうかがえた。

宝泉寺は緑の生《い》け垣《がき》に囲まれた寺だった。開け放たれた門から本堂と庫裡《くり》が見える。寺にあるはずの墓石や卒塔婆《そとば》は見当たらない。

「寺あって墓なし……祈禱寺《きとうでら》か」

真二郎がつぶやく。祈禱寺は、先祖供養《くよう》の回向寺《えこうでら》とは異なり、無病息災《むびようそくさい》、家内安全、商売繁盛《はんじよう》など現世利益《げんせりやく》をお願いする寺だ。

本堂からは朗々《ろうろう》と読経《どきよう》が聞こえてくる。それだけを確かめると、ふたりは寺を後にした。こういう調べ物のときにはいきなり寺に乗り込んだりせず、まず、その近くで噂《うわさ》を集めるなどしてあたりをつけるのが定法《じようほう》である。

下駄《げた》屋、筆屋などを訪ねて、宝泉寺に人が集まっている訳を尋《たず》ねたが、みな口を濁《にご》して答えない。ようやく教えてくれたのは酒屋の小僧だった。

「大きい声じゃいえねえんですが、この辺の人はみな、こ、ころり寺と呼んでます……」

「こ、ころり？」

「往生《おうじよう》ころりのころりでさぁ」

「往生ころり？」

怪訝《けげん》な顔をしている吉に小僧は、ちらりとそんなことも知らないのかという目線をくれて、元気に長生きし、最後は寝付かずにころりと死ぬことだといった。

「あの寺に通ったおかげで、往生ころりできたじいさんやばあさんがいるって噂ですよ」

「ええ〜っ、ほんとにそんな願いが叶っちゃうんですか」

「へい」

「死んじゃったの？」

「さっきまではぴんしゃんしていた年寄りがころっと……らしいっす」

小僧に礼をいうと、吉と真二郎は再び宝泉寺に向かう。

「そんな願かけをするなんて……そのおかげでころっと、って……」

「寺通いなんかしなくても、あっけなく死んじまうことはあるだろうがな」

真二郎は端《はな》から疑ってかかっている口調《くちょう》でいった。

宝泉寺では読経が終わったらしく、閉じた扉越しにもざわざわとくつろいだ人の気配が感じられた。

真二郎に促《うなが》され、吉は「ごめんください」と本堂の木製の重い扉を薄く開いた。

本堂の板敷きの外陣《げじん》に、信者がぎっしり座っている。その数、四十名はくだらない。薄暗く顔も定《さだ》かではないが、みな白髪交《しらがま》じりだ。

正面奥の内陣《ないじん》は畳敷きで、中央に不動明王《ふどうみょうおう》、右側に天台大師《てんだいだいし》、左には伝教大《でんぎょう》師の像が据えられ、護摩焚き釜《ごまたきがま》がしつらえられている。灯《あかり》は不動明王の前の蠟燭《ろうそく》だけだ。

「あのぉ〜、和尚様《おしょう》、いらっしゃいますでしょうか」

青々とそりあげられた頭、太い眉と大きな目をした美男の僧が振り返った。黒の法衣《ほうえ》を着ているからだろうか。奥の薄暗さに溶《と》けているかのように、そこに人がいたことさえ、吉はそのときまで気づかなかった。

和尚は微笑をたたえ、吉たちに近づく。信者たちは音もなく下がり、和尚の進む道を作る。

「どのようなご用でしょうか」

真二郎は読売《よみうり》を作る風香堂の者だと名乗り、年配の者が寺に集まっている理由と様子を聞きたいと手際よく伝えた。

「それはわざわざご苦労さまでございます……私、住職《じゅうしょく》の月輪《げつりん》と申します。どうぞどうぞ、お上がりください」

履き物を脱《ぬ》いで、本堂に上がったふたりに、月輪は自ら座布団を差しだす。木の扉が開かれ、障子《しょうじ》越しの柔らかな光が中を照らしはじめた。

「これからみなさんにお茶を召し上がって頂く支度《したく》がありまして……お話はその

あとでよろしいでしょうか」

月輪が水屋に姿を消すと、老女たちが声をかけてきた。

「あんたら読売屋だって？　この寺を取りあげるなんて、目の付け所がいいじゃないか。月輪さまは法力《ほうりき》をお持ちだから、よぉくお話を聞いたらいいよ」

「今日の月輪さまの菓子《かし》、何だろうね」

「お菓子？」

吉の目が輝いた。

「うまいんだよ。これが」

「まあそれは素敵《すてき》」

菓子と聞いたら吉は黙っていられない。

「どちらの菓子匠《かししょう》のものでしょうか」

「店のものじゃない。月輪さまが自らお作りになられるんだ」

宝泉寺では訪れる人にお茶と菓子を常に用意していて、午前と午後、何かしら出してくれるという。

月輪は吉と真二郎にも茶と菓子をすすめた。ほうじ茶と懐紙《かいし》に載せたひとくち大の甘藷《かんしょ》の茶巾絞り《ちゃきんしぼ》だ。ほうじ茶は香りがよく、ほっとするような柔らかな甘みが感じられる。

「これは……」

茶巾絞りを口にした吉が目をみはった。ほんのり甘く、なめらかで、上等な口当たりの茶巾絞りだった。たっぷりの水で甘藷のあくをしっかりとり、丁寧に裏ごしをしなければこの味にはならない。

「んまいな」

「玄人《くろうと》はだしです」

先日自分でこしらえたものより、はるかに上等な味がした。吉はひとりひとりに声をかけながら茶と菓子を配って回る月輪の姿を目で追った。

菓子を頬《ほお》ばりながら、みな口々に宝泉寺ほど居心地のいい寺はないという。

「月輪さまの法話《ほうわ》と読経はありがたいことこの上なくてね。なにしろ声がいいからねぇ」

「朝は法華経《ほけきよう》を、夕方は阿弥陀《あみだ》経を唱《とな》えてくださるんですわ」

老女たちは顔をほころばす。

「護摩焚きのときの月輪さまを姉さんたちに見せてぇな。燃えさかる炎に赤く照らされる月輪さまの顔、その眼力。魔物も逃げるってなもんだな。お茶もんまいだろ。なんてったってうちのお茶だから」

老爺《ろうや》が身を乗り出した。上等なそろいの紬《つむぎ》の着物と羽織に身を包んでいる。神田の春松屋《はるまつや》の隠居だと、隣の老女が吉に耳打ちした。

「今度はいつ護摩焚きをやるのかね」

「さぁ。そのうちやってくれるんじゃないの」

護摩焚きは、名前や年齢、祈願内容が書かれた護摩木を釜に投げ入れる儀式で、炎と煙が願いを天上へ運び、仏様の恩恵《おんけい》に与《あずか》ることができるといわれる。

「みなさんも……往生ころりを願ってらっしゃるんですか？」

思い切って吉が聞いた。

「そりゃそうだ」

ひとりが即答するとみながうなずく。

「病《やまい》で長く寝付くなんて滅相《めっそう》もない」

「寝たきりで、人の世話になるなんてぞっとする」

「ぴんぴん達者に暮らして、そのときになったらころりとこの世におさらばする。世話がねえや」

吉は首をかしげた。どこも悪いところがなさそうな人々が、いつ命が終わってもいいといえることが、ぴんとこない。どうしたらそんな風に腹を括《くく》れるのか。

「こんなにお元気なのに……」

信者たちは我が意を得《え》たりという表情で吉を見返す。

「だから、元気な今のうちにお願いしとくのさ」

「未練はないんですか」

「未練ねぇ……ないわけじゃないけど」

「いくつまでこの世にいらっしゃりたいんですか」

そう口をはさんだ真二郎をみな、きっと見た。よくもそんな不躾《ぶしつけ》なことを聞くもんだという苦々しい表情をした老爺もいる。真二郎は柔らかく続ける。

「お見受けするところ、まだまだみなさんお若い。そんな願いは早いのではないかと思いまして」

現金なもので、みなの表情がたちまち和《やわ》らぐ。

「そうだねぇ、七十五、八十？」

「九十？　いや百かな」

「あんた今いくつよ」

「六十五かな、忘れたよ。そういうあんたの年は？」

「あたしも忘れた」

顔を見合わせてげらげら笑う。

「この寺に通っていれば、いつか願いは叶う。ありがたいよね。何人あっちにいったかなぁ。五人？　六人？」

「またまたぁ。ぼけてんじゃないの。もう十人はくだらないね」

吉と真二郎は顔を見合わせた。ここに集《つど》っている人数に比して、十名がころっと死んだというのはやはり多いような気がする。

やがて、ひとりの老女が前に進み出た。

「これからみなさまお楽しみの時間となります。まず春松屋さん、お願いいたします」

春松屋は「では失礼して」と前に出て、座布団に座った。

「まだ霜月《しもつき》ですが、今日は稽古《けいこ》中の『初夢《はつゆめ》・宝来《ほうらい》』を披露させて頂きます」

春松屋の隠居は、滔々《とうとう》と落語を語りはじめた。

落語の師匠にちゃんとついているのだろう。間の取り方も達者《たっしゃ》で淀《よど》みない。

春松屋が「お粗末でした」とお辞儀《じぎ》をするとみな手を叩《たた》いた。春松屋に代わり、三味線《しゃみせん》を手に長唄《ながうた》を歌う者が前に出た。

「風香堂さん、どうぞこちらへ」

月輪に声をかけられ、吉と真二郎は水屋の脇の間に案内された。三畳ほどの脇の間で、三人は鼻を突き合わせるように向かい合った。

この寺を開いたのは、今年の二月だったと月輪は、話しはじめた。

「ご縁をいただきまして、ずっと住職がいなかったこの寺をまかせていただきました。当初は屋根も根太《ねぶと》もぐずぐずで、雨漏りもひどく、どうなることかと思いましたが……」

少しずつ信者が増え、寄進《きしん》を元に手入れもできるようになり、このごろになってやっとひと息ついたという。

「往生ころりを願う方が集っているそうですね」

月輪は目を細めて、吉にうなずく。

「往生ころりは即ち、健康長寿の願いでございます」

「もう十人ほどは亡《な》くなられたとか」

真二郎がいった。月輪は胸の前で手を合わせた。

「はい。まだお元気でしたのに……明日のことはわからないものです。信仰の深い方ばかりでした。不動明王様がみなさまの願いをお聞き届け下さったのでございましょう」

「月輪さまは法力をお持ちだとか」

月輪は手を横にふる。

「まだまだ未熟者でございますが、一心《いっしん》につとめさせていただいております」

月輪はひと呼吸おいて続ける。

「……満願成就《まんがんじょうじゅ》とはいえ、ここにいらしていた方々が彼岸《ひがん》に行かれることには、やはり一抹《いちまつ》の寂しさを感じずにはいられません。私はまだ精進《しょうじん》が足りないのでしょう」

濃いまつげが影を作り、月輪の憂《うれ》いが深くなる。

「あの……茶巾絞り、本当においしゅうございました」

長い沈黙の後に、これだけは絶対に伝えなければと吉は小さな声でいった。

月輪が嬉《うれ》しそうにうなずく。

吉と真二郎はもう少し信者たちに話を聞かせてほしいと月輪に頼み、本堂に戻った。

「人間万事《にんげんばんじ》　芭蕉葉《ばしょうば》の露《つゆ》よりもろい人の命〜〜〜」

義太夫《ぎだゆう》『伊賀越道中双六《いがごえどうちゅうすごろく》』が終わるところだった。

「みなさん、ほんとに芸達者ですね」

「それなりにやってきた習い事を披露して、拍手をもらうんだ。これもまた、ここに集まる理由のひとつなのかもしれねえな」

信者の中でいちばん若いのは四十過ぎの女だった。つまらなそうにあくびをかみ殺している。

そのとき、「失礼いたします」と若い男が入ってきた。卵のようなつるりとした輪郭《りんかく》、くりっとした二皮目《ふたかわめ》、形良い鼻に薄い唇《くちびる》、なかなかの美男である。

その男が来た途端《とたん》、女の表情が変わった。

「もう……遅いんだから」

「待たせて済まない」

ふたりは並んで座った。隣の老女が吉の脇腹をつつく。

「あれ、あの女のいい人」と耳打ちされ、吉は目をむいた。

男は三十もいっていない。女が男にしなだれかかった。

「なんでこんなところで……年だってずいぶん離れているじゃないですか」

まもなく二人は立ち上がり、前に出た。芸を披露するらしい。

男が歌を口ずさむ。それに合わせて女が踊り出した。男も歌いながら、一緒に踊る。男の歌も舞いも玄人はだしだが、女の踊りは残念としかいいようがない。

「このごろ、三日とおかず、ふたりでやってきては踊ってみせるんだよ」

「おふたりも、往生ころりを願って通っているんですか」

「と口ではいってるけどさ。そんな殊勝《しゅしょう》なもんじゃないね。女は踊りを見せたくて、ここに来てるんだよ。男も男だ。このごろじゃ、ここで商いをはじめて……罰《ばち》当たりだよ」

気のない拍手をもらい、ふたりが席に戻ると、男が席を温めるまもなく、他の老女たちが「私とも踊ってほしい」とやってきた。連れの女はぶすっとしたが、男はにっこり笑って快諾《かいだく》する。踊りが終わるたびに、男の胸元のぽち袋が増えていく。

月輪は遅れてきた男ににこやかにお茶とお菓子を差しだした。

「人がいいってのも考えもんだよ。月輪さまも、寺でお金を稼《かせ》ごうとするのをにこにこ見過ごしたりして……」

女は呉服商・伊勢大黒の出戻りのひろ、男は花間流宗家の関寿だといった。

吉は眉をひそめた。馬琴から聞いた話を思い出したのだ。

「いい気なもんですね。伊勢平川がつぶれて何日もたってないのに。出戻ったといっても、伊勢平川は自分の店でしょう。奉公人や迷惑をかけた人のことを考えたら、遊んでる気持ちになんかならないだろうに。こともあろうに年若の男とべたべたして、ふたりで得意げに踊ったりして……」

「年寄りが集まる寺を逢《あ》い引《び》きに利用して、踊りまで披露するとはたいした玉だな。このあと、どこに行くのやら」

真二郎もあきれたようにつぶやく。

松緑苑から伊勢平川に移った佐助はどうしているのだろう。民は佐助の顔を見に行くといっていたが、会えただろうか。前の奉公先のおかみだった民があれほど心配しているのに、ひろには何の屈託《くったく》も感じられない。

それにしても、読売にどうまとめればいいのかと吉は頭を抱えた。

「宝泉寺ですが……往生ころりを叶えてくれる寺としてさくっと括ってしまっていいんでしょうか……亡くなった人のご家族の話も聞いてみたいと思うんですけど」

「どんな死に方をしたのかも、いちおう調べとくか」

死んだ人が誰かを聞けそうなのは、神田の春松屋の隠居だけだった。隠居が宝泉寺から帰るのを待って春松屋を訪ねることにする。

「昼八つ半（午後三時）に神田明神の前で」

これから真三郎は、国芳のところに寄るという。吉は湯島のよしを訪ねることにした。

よしは「はい」と吉に一枚の紙を差しだした。

「……すごい」

びっしり店の名前とおすすめの品が書いてある。

その中に、吉は茶本舗「春松屋」の文字を見つけた。いかにも楽しげに落語を語っていた春松屋の隠居の顔と、宝泉寺で飲んだ甘く薫《かお》り高いほうじ茶の味わいがよみがえる。

「気に入りの店を教えておくれと、何人かに頼んだら、また他の人にも聞いてくれて……」

棚の上においていた紙の束を吉に手渡す。それぞれに店の名前などが書いてある。みな筆跡が違っていた。束の厚さに吉は目をみはった。

「こんなに……」

「ちょっと前に風香堂から浅草案内が出ただろ。あんときに、なんで浅草なんだ、取りあげるなら神田だろ、湯島だろって、みんな地団駄《じだんだ》踏んでたのさ。呼びかけたら、浅草にゃ負けらんないって、大騒ぎになっちまった。口でいっただけじゃだめだ。紙に書いてうちに届けようってことになったらしくてさ」

町内の意気込みが、よしの言葉から伝わってくる。吉は気合いを入れられたような気がした。読み手はもちろん、町内の人々にもよいものができたと喜んでもらえるように、しっかりつとめなければと思う。

よし自身の推薦は、菓子屋「鶴屋」、菓子屋「菊屋」、湯島天神内屋台「かき餅」、茶屋「あまのや」、料理屋「中橋」、料理屋「久保川」、そば「まつの」、小間物屋「うさぎ屋」、漬け物屋「松栄」、茶本舗「春松屋」だという。

菊屋の琥珀羹と湯島天神のかき餅は、よしの好物としてすでに読売で紹介している。

「あまのやの甘酒は、糀《こうじ》のすっきりとした味で、添えられた沢庵《たくあん》とすごく合うんだよ。『富士山に肩を並べる甘酒屋』と句に詠《よ》まれたのは、あまのやじゃないかとあたしは思うんだ。……中橋のどじょうは滋養《じよう》があって、風邪っぴきが食べればたちまちぴんしゃんとなる。久保川の鰻も味がしっかりしていて、ふっくら柔らかく、こたえられない。まつののそばは、香りがよく、喉《のど》ごしが他とは違う。

つるつるってね」

よしは身を乗り出して、気に入りの店の魅力について語る。春松屋で好きなのは断然茎茶だといい切った。

「値段が手頃なのに、甘みは普通の煎茶《せんちゃ》以上で、飲み飽きがしないんだ。でもって安上がり。春松屋のお茶を飲まないで一日ははじまらないね」

一呼吸おいて続ける。

「呉服の伊勢平川も入れたかったんだけど、あんなことになっちまって。太物のいいものを仕入れていたのに。旦那《だんな》はまじめな腰の低い男だったんだけど……」

よしはひろの悪い噂も聞いていたらしい。釣り合わぬは不縁《ふえん》の元、悪妻は百年の不作っていうからねぇ、とため息をついた。

夕方、吉と真二郎は再び神田明神で合流すると、昌平橋を渡り、いちばん手前の辻で足を止めた。

春松屋はその辻に面していた。切妻瓦葺屋根《きりづまかわらぶきやね》で、間口四間（約七・二メートル）と立派な構えの店である。「茶」と「春松屋」と彫られ、茶壺形に切り抜いた木の看板が目印になっている。

神田明神と七福神《しちふくじん》巡りの企画で、よしが推してくれた店でもあると吉が伝えると、真二郎は顎《あご》に手をやった。

「なるほど今度の記事にぴったりの店だ。道筋にあり、お茶なら土産《みやげ》に持って歩いても軽いし、かさばらねえ……てことなら、店の聞き取りからはじめるか」

ふたりで、鶯《うぐいす》色の暖簾《のれん》をくぐる。

「ごめんください」

「いらっしゃいまし！」

中は、ほっと声が漏れそうなほど暖かかった。

帳場の火鉢の鉄瓶《てつびん》から白い湯気がのぼっている。土間におかれた床几《しょうぎ》に座り、何人ものお客がお茶の試し飲みをしていた。

この店で、茶葉を蒸《む》し、乾燥を行なっているのだろう。奥からは茶葉を蒸している濃い匂いが流れてくる。

壁際には茶箱がずらりと並んでいる。茶箱には産地と等級が書かれている札がかけてあった。「やわらぎ」「松豊」「朝露」など、店が独自に配合したと思われるものもある。

前掛けをした小僧が何を差しあげましょうかとやってきた。

「茎茶とほうじ茶が美味《おい》しいと聞いたんですけど」

「かしこまりました。今、お持ちいたします」

しばらくして小さな湯飲みを吉と真二郎に差しだした。

「まずは茎茶でございます」

色は少し薄いような気がするが、茶の香りが強く感じられる。口にふくむと甘みとうまみがふわりと広がった。

「ほうじ茶も召し上がってください」

宝泉寺で飲んだものと同じものだった。香ばしく、やはりほんのりと甘い。

「どちらも美味しいですね」

真二郎も企画で取りあげることに異存《いぞん》はないとばかり、うむと大きくうなずく。

吉は、風香堂の者だと打ち明け、主《あるじ》への取り次ぎを頼んだ。

出てきたのは、五十がらみの品のよい男だった。

「うちの茎茶とほうじ茶をご紹介くださるとのこと、ありがとうございます」

よしの名前を出すと、主は細い目をいっそう細くした。

「およしさんがそれはそれは。およしさんにはいつもご贔屓《ひいき》にあずかっていて。

……おふたりに二服目をお出ししておくれ。うちの茎茶は二服目も格別なんで」

主は湯飲みが空《から》になったのを見て、すぐさま小僧に命じる。

そのときだった。真二郎の肘《ひじ》が吉をそっと打った。

「ご隠居だ」

宝泉寺で会った隠居が、店の脇にある奥に続く戸を開けようとしていた。

「今、お帰りですか」

あれほど宝泉寺では愛想《あいそ》がよかったのに、隠居は主の声など聞こえないように戸をくぐり抜ける。

「もうこれでよろしいでしょうか。必要なことは店の者に聞いていただいて結構です。それから、ひとつお願いがございます。版木《はんぎ》に回す前に、間違いのないように一度記事をお見せ頂けますでしょうか」

主は腰を浮かしながらいった。

記事を見せるようにと聞き取りした相手にいわれたのは、吉ははじめてだった。主のいうことももっともに思える。だが、真二郎は首を横にふった。

「風香堂は読売の店ですので、記事を事前にお見せするということはやっておりません。申し訳ありません。ただ今回の冊子《さっし》では、店と商品の紹介、それだけですので、ご心配は無用です」

主はそういった真二郎をじっと見た。

「なるほど。……冊子に載りましたら、いい宣伝になりますでしょう。もうひとつ、お聞きしたいのですが、掲載に金はかかりませんね」

「不要です」

「わかりました。……お武家様を信じることにいたしましょう。それでは」

主は一礼すると隠居を追うように奥に向かった。

しばらくして主の怒号《どごう》が聞こえた。

「またあのお寺でしたか。これほどお願いしているのに」

「おまえになんだかんだ指図《さしず》されるいわれはないよ。私は私の行きたいところに行く」

風香堂の光太郎と息子・清一郎の口げんかと比べるとだいぶ品がいいが、店にいる者は奉公人も含め、みなぎょっとした顔になった。冷静きわまりなかった店頭での応対とまるで違う主の声から、頭に相当血が上《のぼ》っていることがうかがえる。

「大声を出さないでください。店に聞こえます」

「だったら、袖《そで》をつかんでる手を放せ。放せっていってるんだ」

「奥に参りましょう」

それっきり声はやんだ。

「失礼いたします」

小僧は素知らぬ顔をして、二服目の茎茶を湯飲みに注いだ。一服目でいい具合に茶が蒸されたからなのか、二服目はいっそう豊かな味わいだ。

と、小僧が吉の顔をのぞき込み噴き出した。

「すいやせん。あんまりうまそうな顔をなさってるんで」

それを聞いて、真二郎もぷっと噴いた。

「無理ねえや。お吉がうまいもんを食べたり飲んだりしたら、すぐわかるんだ」

真二郎が気さくにいったので、小僧はほっとしたように頭をかいた。

「ご隠居が通っているのは、宝泉寺か」

真二郎は小僧に話しかけた。途端に小僧は飛び上がり、口に人差し指をあてた。声をひそめて真二郎に尋ねる。

「どうしてご存じなんですか」

「往生ころりの寺だよな。で、主は普段はあんな声出す人じゃねえだろ」

小僧は口をへの字にして、こくんとうなずく。
「なんで、あんなに怒ってる？　怒りすぎじゃねえのか」
小僧が店の外に目をやる。藍染《あいぞめ》でうさぎ屋と白く染め抜いた暖簾がかかってい
る向かいの店を見た気がした。
「うさぎ屋さんがどうかしたの？」
「……うさぎ屋さんの大女将さんがあんなことになっちまったから……」
ぽつりといった。商品説明とは打って変わって、小僧の口は重かったが、重ね
てきくと、宝泉寺に通っていたうさぎ屋の大女将が、ひと月半ほど前に突然亡く
なったといった。
「いい人だったんですよ、うさぎ屋の大女将さん。掃除してると、がんばってる
ねとおいらみたいな小僧にまで声をかけてくださって。丈夫で病ひとつしたこと
がないのが自慢だったのに……」
宝泉寺に通っていた大女将が往生ころりして以来、春松屋では隠居に宝泉寺に
行くのを禁じたのだが、隠居は聞く耳を持たず、奥では年中、すったもんだやっ
ていると、小僧は肩を落とした。
とても、隠居に宝泉寺で亡くなった人のことを聞くどころではない。

「おいらがいったことはどうぞ内密にしてください。叱《しか》られてしまいますので」

「わかってるわ」

吉は小僧にうなずき、茎茶とほうじ茶百匁《もんめ》を二袋ずつ注文した。小僧から受けとった袋を風呂敷に包み、吉は真二郎とともに店を出た。

「うさぎ屋さんもおよしさんがご紹介くださったお店です」

吉がいうと、真二郎が眉を上げた。

「そりゃなんとも……行くか、聞き取り」

「はい」

うさぎ屋は間口三間（約五・五メートル）の店で、店の上には「萬《よろず》小間物類・うさぎ屋」という大きな看板がかけられている。店の奥には櫛《くし》・笄《こうがい》・簪《かんざし》などの髪飾り、白粉《おしろい》や紅《べに》などの化粧品、きれいな箱物、袋物、煙草《たばこ》入れ、根付《ねつけ》など、こまごまとした品物を並べた大きな棚や、桐簞笥《きりたんす》がおかれていた。この店の名物はうさぎ柄である。あかね襷《だすき》をした売り子の娘に、吉は声をかけた。

「うさぎ柄の袋物を拝見できますか」

「何をお入れになられますか」

「いろいろ見せていただきたいんですけど」

白粉や紅などの専用袋、櫛袋、簪袋など、様々な形、大きさの袋が吉の前にずらりと並んだ。うさぎが跳ねているところ、後ろ足で立ち上がって首をかしげているところなどが染め抜かれていて、どれもかわいらしいもの好きの妹・加代が飛びつきそうなものばかりだ。

「小物をしまっておく箱も人気がございます」

箱にももちろん、うさぎ柄の生地が張られている。開け閉めするたびに、胸がわくわくしそうな愛らしさだ。

「来年は戌《いぬ》年ですので犬の柄もございます。うちではご希望に応じて、袋物に名前や家紋なども刺繍《ししゆう》で入れさせて頂いております」

売り子は犬の親子、子犬のさまざまな表情が染め抜かれた袋物を広げた。店の紹介を決め、真二郎が風香堂の者と名乗り、主への取り次ぎを頼んだ。

売り子はすぐに戻ってきて、ふたりを奥の座敷に案内した。

「こちらでお待ちください」

座敷から手入れの行き届いた庭が見える。かすかに線香《せんこう》の匂いがした。

「お待たせして……あいにく主が出かけておりますので、私がお話を承ります」

吉たちの前に座ったのは女房の美津《みつ》だった。声に力があり、貫禄《かんろく》を感じさせる。冊子で店紹介したいとを伝えると、なるほどとうなずいた。

「うちは先代の女将の知恵で大きくなりまして……」

美津は家付き娘で、先代女将・勝《かつ》は母だという。勝は娘たちに喜ばれる様々な袋物を作り、注文に応じて客の名前や家印、家紋などを刺繍するというおまけも考えだした。

「名入りの袋や箱なんて……喜ばれますよね。先代のお勝さんの創意工夫は素晴らしいですね」

「ええ。働き者でね。隠居してからも、しばらくは奥で注文の刺繍を買って出てくれていたんです。……でも亡くなりました。昨日が四十九日の法要でしたの」

美津は目元を指でぬぐった。

「差し支えなければ、お参りさせていただきたいんですけど」

「どうぞどうぞ、店をご紹介くださると知ったら、きっと母は喜びます。店が生きがいみたいな人でしたから」

ふすまを開けると、立派な仏壇が見えた。菊の花が飾られている。

「もっと長生きしてくれると思っていたんですが」

吉と真二郎が手を合わせると、美津がひとりごとのようにつぶやいた。

「ぴんしゃんとしていたんですよ。でも目が悪くなって、針が持てなくなってからふさぎこむようになって。これまで一所懸命働いてきたんだから、のんびり過ごせばいいのに。もう自分は役に立たない。終わったようなもんだって、お寺通いをはじめて……」

「突然、亡くなられたんですか」

真二郎が尋ねた。

「ええ。元気にお寺に出かけて行ったのに、夕方に帰宅するとめまいがするといって……医者が来たときには息絶えていました」

「そんなに急に」

「医者は心の臓が悪かったのではないかと……あっけないもんですね、人の命なんて……」

美津の目にまた涙が浮かんだ。

風香堂に戻った吉は、宝泉寺の記事にとりかかった。だが、筆が進まない。

往生ころりは年寄りなら誰もが願うことなのか。亡くなった他の人のことも気になって仕方がない。

勝がそうであったように、それぞれの暮らしがあり、来し方《こかた》があったはずだ。

その人の命が突然失われたときに、嘆《なげ》き悲しむ家族もいただろう。

春松屋の主のように、往生ころりを祈ることなどやめてほしいと懇願する家族も少なくないだろう。

そもそも往生ころりは、法力によるものなのか。それとも医師のいうように、心の臓など傍目《はため》にはわからない病を隠し持っていたからなのか。

結局、何も書けないままその日は終わってしまった。すみは七福神を回っていて、その日は風香堂に戻ってこなかった。

二

朝、吉は民と松五郎を訪ねた。

「日本橋の店を調べといたよ」

民は待ってましたとばかり、吉を出迎え、一枚の紙を差しだした。翠緑堂の女将である栄《えい》をはじめ小松町などの女将たちに声をかけ、協力してもらったと胸を張る。甘味、料理、小間物、海苔《のり》、鰹節《かつおぶし》、佃煮《つくだに》、土産物など選《よ》りすぐりの店名が並んでいた。

よしといい、民といい、やることにぬかりがないと、吉は舌を巻いた。

「甘藷のきんとん、食べるかい？」

「わっ、作ったんですか」

「今朝《けさ》」

「嬉しい。いただきます！」

民はいそいそと勝手に姿を消すと、甘藷のきんとんを持って戻ってきた。

正座して、吉はいただきますと手を合わせ、さじを手にした。

やさしい甘藷の味わいが口いっぱいに広がる。民は甘藷のあく抜きの水を何度、取り替えたのだろう。甘藷をゆでるときには、片時も離れず、鍋の中を見つめていたに違いない。甘藷の甘みを引き出すには、湯加減も大事で、ぶくぶく沸《わ》かすのは禁物なのだ。

なめらかな甘さが口の中で溶けていく。細やかな網で、丁寧に裏ごしをし、それから強火にかけて練るのだが、へらの動かし方にコツがある。真剣な表情でへらを素早く動かしている民の姿が目に浮かんだ。その顔に宝泉寺の月輪の顔が重なったのは、甘藷つながりだからか。

「とろけるような口当たり……おかみさんのきんとんは天下一ですね」

吉がつぶやくと、民が破顔一笑《はがんいっしょう》した。

「お吉のその顔。これで作ったかいがあるというもんだよ」

それから民は、伊勢平川から暇を出された佐助の長屋を訪ねたと切りだした。

「佐助は子どもが生まれたばかりで、家族を食わせていかなくちゃならないだろ。困り果ててたよ。口入屋《くちいれや》に行っても、長く続けられそうな仕事がおいそれとは見つからないんだと。景気が悪いからねぇ」

「気の毒に……」

「そこで、相談したんだよ、お栄に」

民は前のめりになって、吉の膝《ひざ》をとんと叩いた。

「勇吉の菓子の贔屓が増え、人手が足りない、誰かいい人いないかっていっていたから」

「じゃ、佐助さん、翠緑堂に？」

「そう。佐助ならそろばんもできるから帳場をまかせられる」

「うわっ、すごい！」

「佐助も涙を流して喜んでくれて、お栄と勇吉も松緑苑で働いていた人なら安心だって、双方丸く収まって、万々歳さ」

「翠緑堂に行ったら、佐助さんにも会えるんですね」

「お吉にならおまけしてくれるさ」

吉はにこにこ顔の民を見つめた。お世話焼きで、人を喜ばせるのが何より好きな民が、こんなときにはやっぱり観音《かんのん》様のように思えてしまう。

それから、民は紙に包んだものを差しだした。

「これから馬琴先生のところに行くんだろ。大黒せんべいもらったから、少し持って行きな」

「まあ、珍しい」

「大黒様は吉が当てるんだよ、いいね」

いたずらっぽい目をして民が笑う。大黒せんべいは小麦粉と黒糖を使った生地を厚めに焼き、三角形に折りたたんだせんべいだ。中に小さなおもちゃが入っていて、ふるとからからと音がする。大当たりが大黒様の小さな人形で、他には独楽《こま》やら大吉と書かれた紙やらも入っている。

馬琴はとんでもない負けず嫌いなので、大黒様が自分のものに入っていなかったら、むっとするだろうと思うと、吉はおかしくなった。

案《あん》の定《じょう》、金糸雀《カナリア》の世話を終え、大黒せんべいを出すと、馬琴は子どものようにどれが大当たりかと思案し、決心した表情でひとつ手にとった。とるやいなや、ばりっと噛《か》む。

「ちっ」

馬琴のせんべいの中に入っていたのは小さな独楽だった。

「あらっ」

吉が自分のせんべいから小さな大黒様を取り出すと、馬琴は悔しまぎれにふんと鼻を鳴らし、吐き捨てるようにいう。

「子どもだましだな」

吉はいい気分で大黒様をお守り袋にしまいながら、いい返した。

「今日は何かいいことがあるかもしれません、わたし……」

「おまえみてえなやつが鴨《かも》になるんだよ……なんでもかんでも、信じてどうする」

馬琴は苦々しい顔を崩さず、この間馬琴の家の前で「このままでは人が死ぬぞ」と脅《おど》しをかけていた偽《にせ》僧侶が、近所の医師の家にも出没したといった。

「腕に自信がねえから、弱気の虫がさわぐんだろうな。どこの医者も金を包んじまう。そのたびに、偽坊主がなんていいやがるか知ってるか……」

「さぁ……」

「喜捨《きしや》の功徳《くどく》によって、仏果《ぶつか》を得られますように、だと。いうに事欠き、世の中なめやがって。盗《ぬす》っ人猛々《たけだけ》しいとはこのことだ」

喜捨の功徳によって、仏果を得られますようにとは、善行をしたことで、神仏からの恵みをもらい、悟りの境地に近づけますように、という意味だ。

確かに、偽坊主にいわれたい言葉ではない。

「なんだかあたしまで悔しくなってきました」

こんな不遜《ふそん》な輩《やから》を野放しにしておけないと、馬琴はすでに御用聞《ごようき》きを呼び出したという。

「捕まるのも時間の問題だ。だが、すぐにまた同じような輩が出てきやがる。ったく、いたちごっこだ。……世も末だな。以上」

馬琴はぷりぷりしながら、奥に入った。せんべいの景品ごときがきっかけで、ここまで熱くなるのも、馬琴の馬琴たる所以《ゆえん》である。

冬晴れだが、外は北風が強かった。

吉は空を見上げた。雲が走っている。

昌平橋と日本橋を結ぶ大通りには、野菜や水菓子を商う店が軒《のき》を連《つら》ね、威勢《いせい》のい売り声が響いている。

　春松屋とうさぎ屋も昨日同様、お客が出入りしている。うさぎ屋をそっとのぞくと、美津が客に応対しているのが見えた。母・勝のために流す涙をこらえ、今日も立ち働いている。

　宝泉寺の記事をどうまとめればいいのか、思いがばらばらに浮かんではまた散って、まったく定まらない。

　神田鍋町《なべちょう》には、紅や白粉などを扱う小間物屋、傘屋、菓子屋、釘《くぎ》や打物《うちもの》を扱う店、馬具や武具の店など、多種多様な店がごちゃごちゃと並んでいる。本銀町《ほんしろがねちょう》に入ると蠟燭屋が増える。町によって主な店の種類が違うのだ。いざ冊子で紹介するとなると、どの町も新しい町のように見えてくる。

　江戸橋のたもとにある風香堂を目ざし、本町通りを大伝馬町のほうに進み、四丁目の角をさらに右に進む。江戸橋はこの通りをまっすぐ行き、伊勢町堀《いせちょうぼり》にかかる道浄橋《どうじょうばし》を渡った先にある。

「あら……」

　道浄橋の先の通りにきれいな尼さんがいると目をこらしたら、妙恵だった。先日と同様、襷をかけて、大きな風呂敷包みやら鍋やら、ほうきや折りたたみのちやぶ台を抱える女たちと一緒だ。

「またお会いするなんて、お吉さんとはほんとにご縁があるのね」

妙恵が微笑《ほほえ》み、拝《おが》むように胸の前で両手を合わせた。女たちは伊勢町の小道に入っていく。

「あの……失礼ですが、みなさん、何をなさっているんですか。いろんなものを抱えて……」

この間から吉は不思議に思っていたのだ。

「妙恵様、お先に行ってますね」

「は～い。私もすぐ参ります」

女たちに妙恵は明るく声をかけ、吉に向き直った。じっと見つめる。吉のうなじがチリチリした。

「すぐそこまで、ちょっといらっしゃいませんか？ 百聞《ひやくぶん》は一見《いつけん》にしかずと申します」

妙恵は吉を促し、女たちを追って小道に入る。本通りには大小の店が軒を並べ、人通りも多かったが、道を一本裏に入っただけでぐっと人の姿が少なくなる。

門口にかろうじて五郎兵衛店《ごろべえだな》と読める木札がかかった長屋に妙恵は入っていく。木札同様、風雨にさらされ続けた年季ものの長屋が向かい合わせに建っていた。

女たちは折りたたみのちゃぶ台の足を入り口近くに広げた。風呂敷から取り出した鍋、おたまやお椀、おにぎりがぎっしりつまった木箱が並べられる。

それから女たちは、何軒かに声をかけて歩く。

「ばあちゃん、体の具合、どう？　ご飯、食べてる？」

「こんにちは。お掃除させていただいてよろしいですか」

「かまどを借りていい？　お湯を沸《わ》かしたいの。あったかい湯で手と顔を拭いたら気持ちいいでしょ。ご飯を食べたら、体も拭いてあげるね。……大丈夫、薪《まき》は持ってきたから」

「他にも汚れ物があったら出してください。洗濯いたします」

かいがいしく立ち働きはじめた。

町人言葉と武家言葉が入り交じっているのは、出自《しゅつじ》が違う女たちが一緒になっているからだ。すぐにかまどの鍋から湯気が立ち上り、ほうきのシュッシュッと床を掃《は》く音に、からからと井戸の釣瓶《つるべ》が回る音が聞こえだした。

女たちの動きを目で追っていた吉が振り返って、妙恵を見た。

「これって……」

「年をとって、体が不自由になる人がいるでしょ。歩けなくなったり、手が動かなくなったり、自分でご飯を作るのが億劫《おっくう》になったり。今までできていたことができなくなったりする。大方のことは長屋のみなさんが代わってやってくださっているわけだけど、みなさんにもそれぞれの暮らしがあるから、たまに私たちがお手伝いをさせていただいているんですよ」

掃除や洗濯をしてもらっている間、部屋から何人かの年寄りが外に出ていた。体を丸め、ちょこんと床几に座り、冬の日差しを浴《あ》びてまぶしそうに目を細めている。

「お元気そうで何よりです」

妙恵はひとりひとりに、声をかける。ありがたいと手を合わせる年寄りも少なくない。やがて妙恵も女たちに混じり、熱いお湯で手ぬぐいを絞り、慣れた手つきで人々の顔や手を丁寧に拭きはじめた。

「あら、垢《あか》抜けて、色白になりましたよ。まるで五郎兵衛小町だ」

老婆がしわだらけの顔をほころばせる。

「もったいない、庵主様《あんしゅ》に顔を拭いてもらうなんて……苦労ばっかりしたから、てっきり早く死ぬと思ったのに、こんな長生きするなんてねぇ」

「仏様の思《おぼ》し召《め》しですよ」

「でも庵主様、長生きも良し悪《あ》しよ。生きるのも、死ぬのも大変」

子どものように言葉をぽいっと投げ捨てて、老婆は空を見上げる。妙恵はその背中に手をそっとおいた。

妙恵たちは、毎日こうして長屋をふたつほど回っているという。

吉が妙恵たちと五郎兵衛店から、本通りに戻ってきたときだった。

江戸橋のほうから足早に歩いてくる女がいた。吉を見ると、「いた！」と指さして、肩をいからせてずんずん近づいてくる。すみだった。

「お吉さん、どこで油を売ってたんですか。もう信じらんない。馬琴先生んとこからの帰りなら、この道だと思ったら、案の定……。ずっと待ってたんですよ。朝っぱらから出かけて、もう昼近いってのに。いい気なもんですね」

いきなりまくしたてる。妙恵が驚いていることなどおかまいなしだ。

「待てど暮らせど戻ってこないので、しびれきらせて真二郎さん、先に行っちまいましたよ」

「何かあったの？」

「あたし、関係ないのに、旦那さんからお吉さんを探してこいっていわれて……いい迷惑だわ、ほんと」

「何があったの？」

「んもう、これだもの。自分がさぼってたくせに」

「早く教えて」

光太郎がすみにこんなことを頼むなんて、よほどのことに違いない。だが、すみはふふんと鼻を鳴らした。じらすようにいう。

「宝泉寺でぇ、なんだっけなぁ？」

「何？」

「……誰かが」

「どうしたの？」

「……死んだとかなんだとか……」

「えっ、誰が亡くなったの？」

「ええっと……」

吉はすみの言葉を待たずに走りだした。裾《すそ》がはだけるのもかまわず、長い足をすみはどんと足を踏む。

あっという間に、小さくなった吉の後ろ姿を唖然《あぜん》として見つめ、すみはどんと足を踏む。

「なんだろ、あの態度。……人に詫《わ》びもせず、女だてらに大股《おおまた》で走って行っちゃって……こんなに礼儀知らずな人、見たことがあります？　いい年をして恥ずかしいったらありゃしない、ねぇ」

同意を求められた妙恵は、すみをじっと見た。

「それどころではなかったんでしょう。……おすみさん、でしたね」

「はい。風香堂のおすみです」

上等な笑みを浮かべてすみはちょこんとお辞儀をした。

「……こんなことを続けていたら、あなたの居場所はなくなりますよ」

「えっ？」

「……わかっておられるでしょう、ご自分がいちばん。変わるなら今です」

一礼すると、妙恵は去って行く。

「何、あの尼さん。感じ悪い」

すみは悔しそうに唇を噛んだ。

誰が亡くなったのだろう。昨日、寺に集っていた人たちの顔が浮かぶ。あの中に具合が悪そうな人なんていただろうか。また往生ころりが叶ったということなのか。

荷揚げで賑《にぎ》わう伊勢町堀沿いを駆け、照降町を走り抜け、思案橋《しあんばし》を渡って小網町に入る。

宝泉寺の前で、真二郎が同心《どうしん》の上田鉄五郎《うえだてつごろう》と話していた。上田は真二郎の幼馴染《おさなな じ》みだ。膝に手をつき、はぁはぁと肩で息をする吉に真二郎が歩み寄る。

「どっから走ってきたんだ」

「伊勢町から……あの……いったい、誰が亡くなったんですか……」

真二郎の口から出た名前に、吉は絶句した。思ってもない人物だった。

「関寿だ。おひろの踊りの師匠の……」

真二郎はもう一度繰り返す。

関寿はまだ二十代のはずだ。踊りで鍛えられた体に輝くような顔立ちで、表情にも仕草《しぐさ》にも若さがあふれていた。

今朝、宝泉寺では護摩焚きが行なわれたという。また芸事披露の会があり、関寿とおひろはふたりで例の踊りを披露した。その後、関寿は帰りに立ち寄ったそば屋の前で倒れたと、真二郎はいった。

「ろれつがまわらなくなったかと思いきや、口から胃のものを吐き、胸をかきむしり、震えだし……それっきりだ」

「そんなあわれな……おひろさんは？　おひろさんはそばにいたんですか」

「事切れていく関寿を見て、腰を抜かしたらしい。おひろは伊勢大黒の者が引き取って、連れて帰った」

「関寿さんは？」

「とりあえず、家に運んだが、ひとり暮らしで菩提寺《ぼだいじ》も江戸ではないらしい。親しい近所の者もいねえようで、月輪が今、迎えに行っている。まもなくこっちに運ばれてくるよ」

言葉が見つからない。吉は傍《かたわ》らの石に腰を下ろした。

本堂から信者たちの声が聞こえ、笑い声が続く。

「往生ころりだなぁ」

「見事に満願成就で」

「……でもここだけの話、あの人、本当に往生ころりを願っていたのかね。おひろさんの付き合いで寺に来てたような感じだったけど」

「さぁなぁ……」

「この寺をふたりで気楽に出かけられるところくらいに思っていたんじゃないの？」

「踊りを披露して、いい心持ちになれるしねぇ」

ばあさんたちの歯に衣《きぬ》着せぬ物言いがとまらない。

「ああ見えて熱心に手を合わせていたよ。まずはめでたいと、見送ってやらねえとな」

なだめるようにいう春松屋の隠居の声が続いた。

吉の胸がざわつき、肌が粟立《あわだ》った。突然人が死んだのも恐ろしいが、それをめでたいといって笑い合うことが気持ち悪い。

まもなく戸板に載せられた関寿が本堂に運び入れられた。亡骸《なきがら》を見せてほしいといった上田を、月輪は本堂に案内する。吉と真二郎も続いた。

関寿は白い布をかけられ、本堂の中に安置されていた。その手は合掌《がっしょう》している。上田のこめかみがぴくりと動く。

「……湯灌《ゆかん》を済ませたのか」

「いえ、倒れたときについた顔の泥汚れをぬぐい、手を合わせただけで。湯灌はこれからです」

棺桶《かんおけ》に入れる前に、死者の体を湯で洗い、清めることを湯灌という。湯灌を僧が行なうことも多かった。

遺体を改める上田を残し、吉と真二郎も月輪や信者とともに外で待つ。

外は寒風が吹いていた。体をすぼめている信者たちに、月輪が口を開いた。

「関寿さんは往生ころりの願いを叶え、先ほど旅立たれました。仏門《ぶつもん》に仕《つか》えている身でも、あまりに突然のことで驚いております。正直、お若い関寿さんがこんなにも早く逝《い》かれるとは思っておりませんでした」

「だよなぁ。あんなに元気だったのに」

「踊っている姿が目に浮かぶ。……もう見られないんだねぇ」

月輪は信者たちにゆっくりうなずく。

人別《にんべつ》で関寿の菩提寺を確認してもらったところ、伊豆《いず》にある寺であることがわかったという。遺体を伊豆まで運ぶわけにもいかず、宝泉寺で葬儀埋葬を執り行なうように町役《まちやく》から頼まれたと月輪は淡々《たんたん》と語った。

「関寿さんにご家族はなく、ご親類ともお付き合いがないようで……」

「身内がなくても、おひろさんがいるだろ」

「おひろさんは、今、とても話ができるような状態ではなく……」

「じゃ、どうするんだ？」

「弔《とむら》いはここで執り行ないます。……みなさんにはお忙しいところ申し訳ありませんが、関寿さんを、ぜひご一緒に見送っていただきたい。それが私からのお願いです」

月輪が手を合わせた。春松屋の隠居が感心したようにいう。

「……おっしゃる通りにいたしやしょう。な、みんな」

「早速、死装束《しにしょうぞく》を整えないと」

「笠《かさ》と杖《つえ》はどうする？」

「手甲脚絆《てっこうきゃはん》、白足袋《しろたび》、わらじ、頭陀袋《ずだぶくろ》は？」

「かような貧乏寺ではありますが、関寿さんはこちらに通ってくださっておりました。かかりはこちらで持たせていただきます。どうぞよろしくお願いします」

月輪は深々と頭を下げた。信者たちは張り切った表情でばらばらと散っていく。

しばらくして上田が本堂から出てきた。月輪に軽く頭を下げ、真二郎と吉に目配せする。宝泉寺を出たところで上田はふたりに向き直った。

「顔はきれいに拭き清められていた。苦しんだあとは残ってねえ。口から泡を吹いたあともねえ。体にあざひとつなかった。……しかし何一つ不調がなさそうな若いもんがこれほどあっけなく死ぬってのはなぁ。持病持ちだったのか……」

上田は苦り切って顎をなでた。そのとき、二挺《ちょう》の駕籠《かご》が止まった。前の駕籠から転がるように出てきたのはひろだった。

「関寿、関寿はどこ？」

草履《ぞうり》が脱げるのもかまわず、ひろは本堂に駆けていく。ぐずぐずに髪は乱れ、頬には涙のあとが筋になっている。

「姉さん、落ち着いて」

もう一挺の駕籠から下りた男があわてて追いかけた。駕籠かきに代金を払ったのは、後ろから走ってついてきた奉公人らしき年配の男だ。

真二郎は小指を立てて、上田にささやく。

「関寿のこれ、おひろだ」

帰ろうとしていた上田はふ～んと顎を上げ、きびすを返し、本堂に向かう。吉と真二郎も後を追った。

ひろは関寿の遺体にすがって泣いていた。

男は伊勢大黒の主・徳佐衛門と名乗った。ひと目も気にせず泣き崩れる姉を、打つ手なしという表情で見つめている。月輪に促され、徳佐衛門も線香を立て、手を合わせる。それからひろの肩に手をおいた。

「最後の別れをしたら、帰るって約束で来たんだ。これで気が済んだだろ。さぁ、帰ろう」

ひろは振り向きもしない。

「……まったく……」

徳佐衛門は苦り切った顔で、月輪に向き直った。

「お見苦しいところを……お恥ずかしい限りです」

「いえいえ、おひろさんのお気持ちはわかります。……おふたりでこちらに見えたのは、ひと月ほど前でしょうか。以来、毎日のように仲良く通ってくださって……」

「……寺通いをしていることは知っていましたが、まさか、こんな若い男が一緒だったとは……」

「おひろさんがいらしてくださって関寿さんも喜んでらっしゃるでしょう。関寿さんには係累《けいるい》もなく、親しくなさっていたのはお弟子さんだけだそうです。中でもおひろさんは特別だったそうで」

「特別といわれましても、親類でも何でもないですし……」

徳佐衛門はとまどいを隠さない。関寿はひろの踊りの師匠で、遊び相手に過ぎず、押しつけられても困るという気持ちが見てとれた。

「弔いにはおひろさんに出ていただきませんと……。ここにいる方々もわずかひと月のお付き合いでしたが、みなで送り出してさしあげるつもりでおります」

「……ひと月の付き合いって……しかしこちらが菩提寺なら、関寿さんの親戚などの調べもつくでしょうが」

徳佐衛門はきつい調子でいった。

月輪は首をふって、檀那寺ではないが葬儀を執り行なうことになったいきさつと、この寺は回向寺ではないが無縁仏の墓だけは有り、関寿はそちらに埋葬すると語った。やがて徳佐衛門は油の抜けたような顔で、長いため息をついた。関寿と関わりが深いのは、ひろだけだということをようやく飲みこんだようだ。

「姉は誰に関寿さんを紹介してもらったやら……少し落ち着いたら、姉と話もできるでしょうが……本当に懲《こ》りない人で……」

徳佐衛門は白髪頭の奉公人を呼び、ひろに付き添うように命じ、月輪に頭を下げる。

「お布施は後ほどお届けさせていただきます。万事よろしくお願いします」

これまでも徳佐衛門はひろの後始末を散々してきたのだろう。がっくり肩を落として、寺を出て行った。

信者の女たちは白い着物を縫《ぬ》いはじめていた。必要なものを買いに走った男たちも戻ってきた。やがて湯灌のために関寿の遺体が奥に運ばれていく。

月輪とひろが奥に姿を消すと、本堂にほっとしたような空気が流れた。

「親戚がいないって……ひとりくらいいたっていいんじゃねえのか」

春松屋の隠居が口火を切ると、次々に話しはじめる。

「関寿さんのおっかさんは柳橋《やなぎばし》の芸者だったそうだよ。美形で踊りの名手、その上、人の気をそらさないしゃべりで、たいへんな売れっ子だったそうな」

「へぇ。なんであんた、そんなこと、知ってんの?」

「関寿さんの家とうちが近いんだよ。うちは富沢町《とみざわちょう》、向こうは高砂町《たかさごちょう》。隣町どうしだから、ちょいと近所の噂好きに話を聞いたのさ」

「父親《てておや》は？　……あ、そういうことか」

「そういうこと、わかんないの。関寿を産んでからは芸者をやめ、踊りの師匠をやっておっかさんひとりで育てたそうだ。関寿はあの器量《きりよう》だろ。踊りも母親仕込みで、こんなちっちゃい頃から、踊りの会にも出ていたって」

「だったら、せめて知り合いとかいてもよさそうなもんだがな」

「おっかさんが亡くなっちまったから。関寿が十八の時に。流行病《はやりやまい》でぽっくり」

「気の毒に……」

恵まれた才能と見た目を持ち、将来を嘱望《しよくぼう》されていた子どもが後ろ盾《だて》を失ったとき、何が起きるかは市川團十郎のことを引き合いに出すまでもない。関寿のことを苦々しく思っていた踊りの師匠たちは、手を差しのべたりしなかった。引き上げてくれる人もいなかった。

関寿は母親の弟子たちの援助でなんとか暮らしを立て、二十二歳のときに母が残してくれた堀江町《ほりえちよう》のしもた屋を売り、高砂町の今の家に引っ越し、花間流という新流派を立ち上げたという。

「弟子はおひろさんをはじめ数人。でも、やっと運が向いてきたみたいな話もあったんだよ。関寿のかっぽれが絶品だって評判でね」

「かっぽれ　かっぽれ　ヨーイトナ　ヨイヨイ、

沖の暗いのに　白帆がぇ〜あ〜ェ見ゆる　ヨイトコリャサ、
　このかっぽれか？」

春松屋の隠居が一節うなる。かっぽれは、大道芸人《だいどうげいにん》である願人坊主《がんにんぼうず》が広めた踊りで、近ごろでは歌舞伎舞踊《ぶよう》の中に使われるほど人気がある。

「関寿さんは喉もよかったから」

「材木問屋の旦那衆が習いに来ることが決まったって喜んでたらしいよ」

吉と真二郎は顔を合わせた。そんな人が、往生ころりを願っていたはずはない。

「それにしても、今日の草餅は格別だったな」

「大きさがねぇ。もっと大きいと食べ応えがあるけど」

話題はいつのまにか今日、宝泉寺で出された菓子に変わった。

吉が身を乗り出す。

「ねぇ。鰹節問屋の隠居の助太郎《すけたろう》さんも、草餅の日に亡くなったんじゃないか」

「忘れちまった」

「草餅だったよ」

「小間物屋のお勝さんときはなんだか覚えてるか？」

「……草餅？」

「さぁ。そんな気もするけど。饅頭だったかもしれない」

そのとき、着物を縫っていた老女がは〜っと息をはき、よっこらしょと立ち上がった。

「できた。月輪様、着物ができましたよ。三角頭巾も」

着物を持って奥に入っていく。

やがて死装束に着替えさせられた関寿が本堂に戻ってきた。

すぐに月輪の読経が始まる。

読経が終わり、吉たちが帰ると告《つ》げると、月輪はちょっとお待ちくださいといい、草餅を三個、持ってきた。吉、真二郎、上田に一個ずつ配る。

「朝、作ったものですが、よかったら召し上がってください」

関寿が最後に食べたのがこの草餅だと思うと、いくら吉でもすぐに手をつける気にはなれなかった。三人とも懐紙に包み、おしいただいた。

帰り道、真二郎が手元の草餅をじっと見ながらつぶやく。

「まさか菓子の中に毒が入っていたなんてことねえよな」

「……石見銀山《いわみぎんざん》ねずみ捕りの毒で死んだわけではないことは確かだ。口から特有の匂いはしなかった。……他の人たちも食べたが、あの通りなんともねえ。そもそもひとつにだけ、毒を入れるなんてできるか」

上田が低い声でぼそっといった。真二郎が吉を見た。

「お吉、草餅って、どうやって作るんだ」

吉は待ってましたと意気込んで語る。

「……春なら生《なま》のよもぎを使います。摘みたてだとすごく香りが立つんですよ。でも今の季節は、生のものは手に入りませんから、乾燥したよもぎを水で戻して使います。まず餅米を蒸して、途中でよもぎも加え、両方とも蒸し上げます。よもぎはすりばちでつぶします。それから餅米を杵《きね》でついて餅にしたものに、すったよもぎを混ぜるんです。この瞬間、餅が鮮やかな緑色にぱぁ～っと染まって、それはきれいなんですよ。この餅であんこをくるめば草餅のできあがりです。お好みできなこをまぶします」

「ふぅ～ん。それだけ聞くとおれにもできそうだな」

上田が軽口を叩く。吉がうなずいた。

「できますよ。ただ餅のかたさ柔らかさ、よもぎの量、香りの立たせ方、あんこの味わいなどで、職人の腕の差がはっきりと出ちゃうんです。手順が簡単なものほど、実は難しい……職人さんはそういいます」

「お吉が好きなのはどこの草餅だ？」

　真二郎が聞いた。

「もちろん、松緑苑の草餅です。いや、そうでした。餅の厚さがほどよく、よもぎの香りが柔らかいんです。あんこも小豆《あずき》の香りが立っていて、きなこがたっぷりかかっているんです。……それにしても、月輪さんの菓子は小ぶりだこと。小さく形良く作るのはかえって難しいのに」

「そうなのか？　おれはてっきり、材料代をけちるために菓子を小さくしているのかと思ったが」

　吉はふっと微笑んだ。

「それもあるかもしれないけど、あれだけの数の小さな菓子をちゃんと作るのはほんとに難しいんです」

「とすると、月輪は菓子作りの腕もなかなかのもんだってことだな」

「はい。素人《しろうと》ではなかなか……」

「といわれても、これを食べるのはちょっと勇気がいるな」

　上田の口がへの字になる。

「宝泉寺の記事はちょっと待ってもらおう。なんだか合点《がてん》のいかないことが多すぎる」

風香堂の前に着いたとき、真二郎が吉にいった。

三

翌朝、吉は馬琴の家から関寿の弔いが行なわれる宝泉寺にまっすぐに向かった。

通りを足早に歩きながら、馬琴との会話を思い出した。

吉が宝泉寺のことを話すと、例によって馬琴はふんと鼻を鳴らし、皮肉たっぷりに噛みつきはじめた。

「往生ころりってか？　なかなか死なないじじいとばばあに限って、そういう虫のいい、欲深なことをいいやがる。その坊主も坊主だ。人の運命なんか、誰にもわかりゃしねえって、なぜいってやらん。ぴんぴん、よろよろ、よぼよぼ、それで寝付いて、この世におさらばする。それこそが大往生じゃねえのか。その満願成就のための護摩焚きをするだと？　何をとちくるって、くだらん。くだらなすぎる……お吉、おめえ、そんな寺をまさか読売で宣伝するつもりじゃねえだろうな」

「……あいにく、書かなくちゃならないんです……でもどう書いていいものか悩んでいて……」

消え入りそうな吉の声に、馬琴の大音声《だいおんじょう》が重なる。

「書く？　はぁ、あの光太郎が書けっていってんだな。やつの考えそうなこった。……読売だって売れなきゃ、おまんまの食い上げだからいいんだよ、何書いたって。でも、そのせいで世の中にますます馬鹿が増えちまう。往生ころり、いいじゃねえか、おいらも行ってみよう、明日から寺通いだって輩がわらわら出るぞ。これ以上、世の中に馬鹿が増えたら大迷惑だ。おまえのせいだ」

「あたしのせいって……それに馬鹿、馬鹿、いわないでください」

「その若いもんが死んだのを、お吉、法力のおかげだなんて思ってんじゃねえだろうな。仏様が若いもんの命をわざわざ奪ったりするもんか。陰陽師《おんみようじ》じゃあるめえし」

「……陰陽師？」

「知らねえってか？」

吉がこくんと小さくうなずく。

「あっさりうなずきやがって。知ってるふりをするよりゃましだが、おめえのもの知らずぶりにはあきれるわ。陰陽師ってのはな、もともとは星を見、暦《こよみ》を作り、はたまた国の行く末を占《うらな》うことを生業《なりわい》にしていた朝廷の役人だ」

「役人が占い？」

「風水という中国から伝わった占いをもとに、よい土地を探したり、結界を張ったり。目に見えないものから身を守るのに長《た》けていたのが陰陽師だ」

「目に見えないものからって、妖怪ですか」

「それもある」

吉はたじろいだ。

「いるんですか、ほんとに妖怪って」

「お吉、少し黙ってろ！　いちいち人の話の腰を折りやがって。まだるっこしくてかなわん。要するに、おれがいいてぇのは、突然人が死ぬなんてのは、寿命か、運悪く事故に巻き込まれるか……人殺しか。その三つにひとつ。関寿とやらも、法力で死んだなんてことはありえねえってことだ。以上」

馬琴はきっぱりいい切って奥に引っ込んだのだった。

「寿命か、事故か……人殺しか」

吉は伊勢堀を思案橋に向かって進みながら馬琴の言葉を反芻《はんすう》した。昨日、宝泉寺へと走った道だった。

関寿は転んだわけでも、誰かとけんかして死んだわけでもない。

「となると寿命か……人殺し……」

上田は同心という役柄、毒の可能性もにおわせたが、関寿の体を調べて、石見銀山で死んだわけではないと断じた。

だいたい誰が関寿に毒を盛るというのだろう。いちばん身近にいたのはひろだが、ひろは関寿に首ったけで、あれほど悲しんでいる。先を読んで悪いことをしでかす頭もなさそうにも見える。

けれど、関寿が他の女と踊っているときに、ひろは唇を噛んでいた。その姿を思い出すと、やきもちが高じて手にかけることがないとはいい切れない。

次に、月輪の凜《りん》とした横顔が浮かんだ。吉は首をふった。昨晩、万が一を考え月輪からもらった草餅のかけらを、メダカが泳ぐ睡蓮《すいれん》鉢に落としてみた。しばらくメダカの様子を見ていたが、死にはしなかった。だいいち月輪に関寿を殺す理由はない。

やはり寿命だったのだと、吉はため息をついた。

「お吉！」

思案橋に行きかかったとき、真二郎の声が後ろから聞こえた。振り向くと真二郎は江戸橋を渡ってきたところだった。吉はまたたきを繰り返した。

「どうしたんですか。その姿。ぱりっとしちゃって」

真二郎はしわひとつない黒紋付の羽織を着ていた。一筋の乱れもなく髪も結い上げている。

真二郎は口をへの字にすると、大きな手で頭をわしづかみにし、がりがりとかいた。

「うあ〜っ、ばさばさになっちゃうじゃないですか……」

ほつれ毛が立ち上がり、あっという間にいつもの真二郎の髪に戻る。

「せっかくの髪が……」

真二郎が後《おく》れ毛をなびかせて、白い歯を見せた。

今朝、呼びだされて実家に顔を出したところ、与力《よりき》である兄とともに朝湯に行くことになり、髪結いにまで付き合わされたという。

吉が風香堂で働きはじめたころは、真二郎は八丁堀の実家を忌避《きひ》するようなところがあった。それは真二郎の出自と関係している。

女中だった母は真二郎を懐妊《かいにん》すると暇を出され、真二郎は小梅村《こうめむら》で百姓をやっていた母の実家で育った。与力だった父には正室があり、すでに長子がいたからだ。だが正室が亡くなると、母と真二郎は突然、八丁堀で暮らすことになった。

父には跡継ぎである長子がいるのみで、その兄に万が一のことがあったときのための、いわば予備として真二郎母子が連れ戻されたのである。

しかし穏やかな日々が待っていたわけではなかった。勉学と武道の鍛錬《たんれん》の機会は与えられたものの、母と真二郎は奉公人のような扱いを受けた。母はそれを恨み嘆き、真二郎にみなを見返すような侍《さむらい》になれとけしかけ続けた。真二郎はそんな家がいやで、兄に息子が生まれて成長し、跡目の心配がなくなると家を出て、絵師として働きはじめたのである。

今年に入って兄の長男が見習い与力として働きはじめ、家族関係が少し変わったようだった。父が夏に寝付き、家の実権が兄に移ったことも関係しているのだろう。それまで父に遠慮していた兄夫婦は真二郎を弟として扱うようになり、その暮らしが立つようにと見合い話を持ってきたりもするらしい。吉としては、そのところはおもしろくないけれど、いずれにしろ少しずつ、実家は真二郎にとってわずらわしいだけのものではなくなっている。

「兄貴のとこもいろいろあって……子どもが育ちあがったから万々歳ってわけにもいかねえらしいや」

これから弔いに出るというと、義姉がいそいそと黒紋付を出してきたと続けた。

「あそこんちは黒の紋付羽織だけはそろってるからな」

黒紋付の羽織は与力の普段着だった。

「男っぷりが上がったような。馬子《まご》にも衣装ですね」

「堅苦しくてかなわん」

襟元をゆるめながら真二郎はいった。

町役が動いてくれたようだが、関寿の知り合いへの連絡は間に合わず、葬儀に参列したのはほとんどが宝泉寺の信者というありさまだった。

杖をふって声明《しょうみょう》を唱える九条錫杖《くじょうしゃくじょう》のあと、棺《ひつぎ》のふたが閉ざされ、月輪は線香を手に、空中に円などを描き、念仏が続く。

ひろは昨日とは打って変わって静かだった。背中を丸めて座っている姿は一気に十も老《ふ》けたように見える。無縁仏の墓に、関寿の棺は埋められた。そのときだけひろは声を出して泣いた。

　卒塔婆《そとば》を立て、読経が済めば、弔いはしまいだった。本堂に戻ると豪勢な弁当が振る舞われた。伊勢大黒が準備したものらしく、ひろに付き添ってきた奉公人が弁当をかいがいしく配った。

「これは、んまい」

　舌鼓を打つ春松屋の隠居に、隣のばあさんがうなずく。

「こんな弁当を食べると寿命が延びるような気がするよ」

「極楽だねぇ」

　年寄りたちはくすっと笑い、うかがうように月輪を見た。視線に気づいた月輪は、目を細めてうなずく。

「美味しいものを食べて美味しいといえるのも、生きていればこそ。たっぷり召し上がって、元気で長生きしようという気持ちが肝要《かんよう》です」

　ひろは弁当に手をつけようともせず、伊勢大黒の者に連れられ、帰って行った。

　食事が済むと、吉と真二郎は月輪に挨拶《あいさつ》をし、宝泉寺を後にした。

　朝から雲が厚くたれこめていたが、思案橋まで来たときにぽつんと雨粒が落ちてきた。冷たい雨が通りに染《し》みを作る。

　吉と真二郎は店の軒先に駆け込んだが、雨脚は強くなるばかりで、次第に軒先は雨宿りをする人々で身動きできないほどになった。ふたりの体はひさしから半分飛び出し、雨に濡れるままだ。

「真二郎さん、ちょっと走れます？」

　怪訝な顔で真二郎がうなずく。

「そこの路地を入ったところに妙恵さんのお寺があるんです」

「ああ、あの尼さんの」

「ええ。そこで雨宿りさせてもらいましょうよ」

　雨でぬかるむ路地を走り、境内に飛び込んだ。

　香玉寺は小さな寺だった。墓が並ぶ奥に本堂と庫裡がある。庫裡の脇には屋根付きのかまどがあり、お釜からは白い湯気が上がっていた。かまどの火加減を見ていた女に吉は頭を下げた。

「雨宿りをお願いしたくて……」

「今、庵主さまは本堂でみなさんに講話をなさっていますよ。よろしかったら、中へどうぞ」

本堂の前に女物の下駄が並んでいた。ふたりも下駄を脱ぎ、手ぬぐいで足の汚れを拭いて階段を上る。それから吉は本堂の扉をそっと開いた。中に体をすべり込ませようとした吉の肩を真二郎はつかんだ。

「おれはここで待つよ」

「えっ？　……じゃ、私も」

「いや、中の方が暖かい。おれは遠慮しとくぜ……女護《にょご》が島《しま》に男ひとりで乗り込むのはどうもな」

確かに中は見事に女ばかりだ。吉はくすっと笑った。

「気が向いたら入ってきてくださいな。とって食われたりはしないと思いますので」

本堂の大きさは宝泉寺とほぼ同じだった。

妙恵は前に立ち、話をしていた。何かおもしろいことをいったらしく、どっと女たちが笑っている。

「そうなんです。布施はとってもありがたいものだと今いいましたけど、布施は寺へのものばかりではないんですよ」

妙恵はゆっくりと女たちの顔を見回す。一番後ろに座った吉に目を留めると、ゆっくりうなずいて微笑んだ。吉だとわかったらしい。

「布施は、見返りなしに分け隔《へだ》てなく施《ほどこ》すもの。……施しというと、持っている人が、持っていない人に与えてやると思われがちですが、お金がなくても、力がなくても、できることはたくさんあります。今日はそんな『無財《むざい》の七施《しちせ》』の話をさせてください」

「無財の七施」とは、人に優しいまなざしをかける「眼施《げんせ》」、和《なご》やかな微笑で人を包む「和顔施《わげんせ》」、優しい言葉で人を包む「言辞施《ごんじせ》」、体を使い、困っている人のお手伝いをする「捨身施《しゃしんせ》」、人の心に寄り添い、喜びや悲しみを分かち合う「心《しん》慮施《りょせ》」、持てるものを独り占《じ》めにせず、人と分かち合い、譲《ゆず》り合う「壮座施《そうざせ》」、人が休める場所を心配りする「房舎施《ぼうしゃせ》」だと妙恵は続けた。

「相手の喜びを自分の喜びとし、相手の苦しみを自分の苦しみとする心をもった行為こそが布施。施しにより、施す者、それを受ける者ともに清らかに、平安のうちに生きることができます。人のためのように見えて、施す者をも幸福にするのが施しなんです」

本堂の屋根を叩く雨音がいつのまにか鳴り止《や》んでいる。

「そろそろご飯も炊《た》きあがったころでしょうか。幸い、雨もあがったようで……

待っているみなさんがいらっしゃいます。長屋に行く準備をいたしましょう。ご用事がある方はご無理なさいませんように」

妙恵が話し終えると、女たちは立ち上がった。その間を縫って、妙恵が吉の前に来た。

「雨宿りをさせていただき……助かりました」

「よろこんで。それこそ房舎施ですから」

「……無財の七施、いいお話でした。心に留めておきたいと思います」

「そういっていただいてうれしいです。毎日、ひとつでも真心のこもった布施ができれば、心は安らぎ、まわりも変わっていきます」

「………………」

「万物はみな、移り変わります。人もまた……同じところにとどまりはしません。お吉さん、あなたも」

「私？」

「ええ」

妙恵は手を合わせ、吉に一礼した。

本堂の外に出ると、真二郎の姿はなかった。雨が止んだので、先に帰ったのだろう。吉はぬかるんだ道を歩きはじめた。

妙恵の言う通り、確かに、吉は変わった、いや変わりつつあると自分でも思う。

十二歳から十三年、女中として働いていた松緑苑が店を閉じたのが半年前、菓子のことを書いてもらいたいと風香堂の光太郎にいわれ、読売の書き手となった。手探りで企画を考え、どきどきしながら聞き取りをし、光太郎になんども突っ返されながら原稿を仕上げた。

日常で会う人にも変化があった。

今まで雲の上の人だと思っていた歌舞伎役者や浮世絵師、読本作家、相撲取り、美人で名高い芸者や当代一の娘義太夫にも会った。贋金《にせがね》作りや抜け荷の事件にも遭遇し、あわやという目にも遭った。欲を満たすためならなんでもやる輩がすぐ近くにいたことに驚きうろたえ、世の中には自分がそれまでつき合ってきたような人ばかりではないとも思い知らされた。

口の悪い光太郎や馬琴、与力の息子なのに好きな絵で生きていこうとしている真二郎、大名の奥仕えをして縁談は降るようにあったのに親元からも離れてひとりで暮らすことを選んだ有能な絹、働くのが損だと考え、文句ばかりたれて何一つ自分からやろうとしないすみ……みんな、これまで出会ったことのない類《たぐ》いの人ばかりだ。

まわりが変わり、仕事が変わり……自分も変わらざるをえなかった。いわれたことをやるだけでなく、何をどう進めていけばいいのかと、自分の頭で考えることもだんだん吉の習い性《しょう》になりつつある。自分で決め、書いたものに責任を持たなければならないこともわかってきた。

真二郎だって最初に会ったころとは変わっている。鷹揚《おうよう》で、ものごとにこだわらない性格はそのままだが、あのころ、真二郎にはどこか、人との深い付き合いを避けるようなところがあった。だが今は、ざっくばらんにしゃべり、よく笑う。

刀を抜いた悪党に襲われたときには、真二郎は身を挺《てい》して吉を背中にかばい、守ってくれた。ふたりで肩を並べ神田祭りを歩いたのは夏だった。根津《ねづ》神社のお祭りにも出かけた。風に吹かれながら、鼈甲飴《べっこうあめ》をなめ、ふたりで笑った。けれど、いつか真二郎は風香堂から去り、見合いして婿《むこ》養子に入り、侍に戻ってしまうのではないかという不安は、常に吉の心の奥底でくすぶっている。今日、黒の紋付羽織を着た真二郎を見たとき、ずきっと胸が痛んだのは、こうした姿で真二郎が生きる日々が来るかもしれないと改めて思わされたからだ。それが与力の次男の普通の生き方だから。そうしたら吉はまたひとり取り残されてしまう。

「でも先を恐れてばかりもいられない。止まってはいられないのだから」

吉は自分を励ますようにつぶやいた。

寺に集まっていた人たちも、移り変わっているのだろうか。

ふと、うさぎ屋の勝の話を思い出した。

商売が好きで、創意工夫に富んだ働き者だったという。年を重ね、店を娘夫婦に譲り、隠居してからも、勝は店の役に立っていた。目が悪くなって、針が持てなくなり、自分の役目は終わったと、宝泉寺に通い、往生ころりをのぞみ、願いを叶えた。

勝の人生はあっぱれだと思う。うさぎ屋を盛り立て、美津という跡継ぎをちゃんと育て、年を重ねてもできることをやり続けた。うまくいくことばかりではなく、苦労もあっただろうに、娘が手放しでほめるほど、大きな存在であり続けた。

宝泉寺から帰ってきて家にたどり着き、あっけなくその生を終える瞬間、勝は何を思っただろう。思い通りにいったと思っただろうか。今なのかと愕然《がくぜん》としただろうか。往生ころりの寺に通ったことを後悔しただろうか、納得して逝っただろうか。

関寿はどうだっただろう。満願成就を果たした他の信者は……。

気がつくと吉の足は、須田町のうさぎ屋に向かっていた。

運良く家にいた勝の娘・美津に、吉は、宝泉寺に通い、往生ころりの願いを叶えた人について聞いた。美津は怪訝な表情で眉をひそめたが、真剣な吉の目を見つめると、重い口を開いてくれた。

「伊勢町の鰹節問屋丸和《まるわ》のご隠居の助太郎さん、それからええっと、大伝馬町の旅籠《はたご》浜田屋《はまだや》の大女将の美鈴《みすず》さん……馬喰《ばくろ》町《ちょう》の柳湯《やなぎゆ》のご隠居、権太《ごんた》さんも。他にもいらっしゃるようですが、私が知っているのはそれくらいで……宝泉寺の月輪様は、檀那寺でもないのに、どちらのお宅にも何度もお経をあげにきてくださって……」

「まぁ……」

「もちろんうちでは毎回相応のお布施を包ませていただいていますけど」

うさぎ屋を後にすると、吉はその三軒の店を回った。

鰹節問屋丸和は間口四間の大店《おおだな》だった。声をかけた丁稚《でっち》は、声を潜めて助太郎のことを語った。浜田屋は建物や庭に意匠《いしょう》をこらした洒落《しゃれ》た旅籠だった。決して入れ込みをしない分、泊まり賃も高価という評判だと、話を聞いた出入りの魚屋がいった。馬喰町の柳湯は先代から続く湯屋で、つい数年前まで権太は御用聞きとして十手《じって》を預かっていたという。向かいの下駄屋の女房は、権太は血の気が多いが情のある人だったと懐かしんだ。

みな、倒れてその日のうちに帰らぬ人になっていた。三人とも医者の診立《みた》ては、心の臓が悪かったのかもしれないという曖昧《あいまい》なものだった。

「ぱっと見てどこが悪かったかわかるなんてな、お釈迦《しゃか》様くらいよ。とどのつまり、お陀仏《だぶつ》になったらハイそれまでよってこったな」

白髪頭の下駄屋はそういうと、手にしていた下駄の鼻緒《はなお》の端をはさみでちょんと切った。

「あ～ら、ごゆっくり。真二郎さんはとっくに帰ってきたのに。いつものことですけど、お吉さん、どこをほっつき歩いていたのか」

階段を上ると、すみのとんがった声が飛んできた。真二郎と光太郎が顔を上げる。光太郎はうむとうなずき、真二郎はいつも通り「お帰り」といい、気にするなというように、目を細めてみせた。

吉はその場に座ると、深々と頭を下げた。

確かにすみの言う通り、朝に飛び出したきり、風香堂に一度も戻っていない。光太郎が何かいう前に先手を打つというのが、雷を避けるコツだと、吉はもう学んでいる。

「遅くなりまして、申し訳ありません。いろいろ立ち寄ってしまって」

「変わった寺で雨宿りしたってゆうじゃねえか。女ばっかり、集まってる寺だってな。真二郎は途中でけえってきちまったが、おめえは法話とやらを聞いてきたんだろ。女だけで何をやってんのか、つかんできたか？」

光太郎が吉を手招きしながらいう。

「妙恵さんという尼さんが庵主を務めてらっしゃる香玉寺というお寺で……身寄りのないお年寄りのお世話なんかをなさっているんです」

「ほ～っ。年寄りの面倒を？　酔狂《すいきよう》だな」

「長屋にご飯や味噌《みそ》汁を届け、掃除したり、洗濯したり……みなさん、長屋内でそれなりにやってもらっているとは思うんですけど、掃除が行き届かなかったり、洗濯物を遠慮したり、あったかいものを口にすることが難しかったりするって。日に二つ、全部で十の長屋を回っているそうです」

絹の声が吉の声に重なった。

「香玉寺のことは私も少々聞いております。浄土宗《じょうどしゅう》だそうですが、写経、坐禅会、町の掃除会など、いろいろなさっているそうですよ」

「お絹、なんでそんなこと、知ってる」

「書を指南《しなん》しているお旗本《はたもと》の奥方が話しておいでてでしたので」

「奥方も行っているってか」

絹は細く長い首をかしげる。

「さぁ、どうでしょう……でも武家の奥方や娘さんも集っていらっしゃるんじゃないでしょうか。噂が届いているんですから」

光太郎はパンと手を打った。

「よし、お吉、こっちの寺のことも調べろ。いい話になりそうなら、取りあげる」

吉は首をすくめた。

「あの～わたし、初詣七福神巡りの店の聞き取りもあるんですけど……」

「んなことはわかってらぁ。宝泉寺は小網町、香玉寺は照降町だ。七福神巡りと場所もかぶってらぁ。店を回る合間にやればいい。で、取りあげる店の目星はついたのか」

　ぎょろりと目を回して、光太郎が吉を見る。

「……ええ、まぁ」

「そりゃ至極重畳《しごくちょうじょう》。どっちも着々と進めろ。ぼやぼやしている暇はないぞ」

　光太郎ががはと馬鹿笑いをした途端、下から罵声《ばせい》が飛んできた。

「うるせぇぞ！　耳障《みみざわ》りな声でがなりたてるんじゃねえ！」

　光太郎の息子の清一郎だ。またはじまったと吉はため息をついた。

　光太郎は立ち上がり、下に向かって大声で叫《さけ》び返す。

「べらぼうめ、やかましいのはてめえの怒鳴《どな》り声だ」

「いい年してわめき散らしやがって。頭に血ぃのぼって、ぶっ倒れるぞ」

「血ぃ分けた息子がなんて言いぐさだっ、この唐変木《とうへんぼく》！」

「なんだとぉ」

　だだだっと光太郎が階段をかけ下りる。

　吉はもうおそるおそる下をのぞいたりしない。この後が予想できるからだ。つかみかかろうとする光太郎と清一郎をみなで引き離し、光太郎は鼻息荒く風香堂から出て行き、清一郎は仕事に戻るという寸法《すんぽう》に決まっている。

その三　内藤新宿《ないとうしんじゆく》の菓子

一

――九州は肥後熊本《ひごくまもと》、といえば？　そこのご隠居、はい、何を思い出す？　加藤清正《かとうきよまさ》公？　ご名答！　さすがでござんす。片鎌槍《かたかまやり》を手に握り、いかにもいかめしい武者髭面《ひげづら》で、賤ケ岳七本槍《しずがたけしちほんやり》のひとりにして、朝鮮では虎退治もなしとげた勇猛果敢《ゆうもうかかん》な戦国武将。加藤清正だ。歌舞伎《かぶき》にもなってるよなぁ。佐藤清正、加藤正清って名前を変えて。あの毒饅頭《どくまんじゆう》の話だって泣かせやがる。

上が強けりゃ、みな強い。肥後熊本の侍《さむらい》は勇壮無比、町人も百姓もしぶとさ、粘り強さは天下一品だ。

その肥後熊本の海の向こうから、突然、妖怪が現われたっていうからたまげるじゃねえか。なんかようかいじゃねえよ。

妖《あやかし》だ。物《もの》の怪《け》だ。

海坊主《うみぼうず》？　ちゃうちゃう。船をぶっこわすみてえな人に仇《あだ》なすあやかしじゃねえ。肥後熊本に現われたのは。

教えちゃおうかな、どうしようかな。

よしっ、聞いて驚くな。

その妖怪の名はアマビエ。似姿《にすがた》を描いたものを戸口に貼っておけば、流行病《はやりやまい》から守ってくれるというありがてぇ妖怪だ。

ころり、疱瘡《ほうそう》、はしか……流行りはじめたなと思ったら、アマビエの絵を家の玄関に貼ればなんとかなるって寸法《すんぽう》だ。

さぁ、買った買った！

今日の読売《よみうり》には、その似姿もしっかり描いてある。読売を読み、疫病《えきびょう》が流行ったら、戸口に貼ればもう安心！　一枚で二度役に立つ読売だ。

はいはい。順番、守って。押すな、押すなってば——

読売売りの威勢《いせい》のいい呼び声が今朝《けさ》も表から聞こえてくる。

真二郎は、吉が昨晩作った店の一覧を見て、うなった。一覧は二種類あり、ひとつは地域別、もうひとつは菓子屋、料理屋、その他の食べ物屋、土産物屋、小物屋というように、店で扱うものによって分けている。

「これだけの店を紹介するつもりか」

腕を組んだまま、真二郎は低い声でいう。

「もちろん、店を見ての話ですが……およしさんと、松緑苑の女将《おかみ》さんのおすすめですので、間違いないとは思います」

「それにしても多いな……何軒ある？」

「とりあえず四十七軒……」

「……赤穂《あこう》浪士の討ち入り並だな」

ここで笑っていいものかわからず、吉はあいまいにまばたきを繰り返す。あきれたような顔で真二郎が短く息をはいた。吉はあわてて続ける。

「長々と紹介するつもりはないんです。店名とおすすめの品、それからお店の特徴を短く……読んだ人に甘いものを食べたような心持ちになってもらう読売と違い、この冊子では、金鍔《きんつば》ならここ、饅頭ならここ、団子ならあっちという具合に、どの店に行けばいいかってことを伝えればいいんじゃないかって。初詣《はつもうで》や七福神《しちふくじん》巡りのついでに足を延ばすんですから、いってみれば店巡りはおまけのお楽しみなんです。もちろん、おまけだからこそ、得したなって思ってもらいたいんですけど」

「短くなぁ……」

「今回は、神田明神も、七福神の神社も、絵で見せる、絵で読ませるって、旦那《だんな》さんがいっておられましたよね。だから、店も簡易な切絵図《きりえず》でぱっと見せたらどうかなって。切絵図に店の印を入れ、店の紹介は両脇か下段に、まとめて並べるという具合に」

およしと民から店の目録《もくろく》をもらって以来、ふたりが選《よ》りすぐってくれた店をどうしたら漏れなく紹介できるか、吉は考えていた。

「それならごちゃつかねえか。品物の絵はどうする？」

一瞬ためらったが、吉は口を開いた。

「これだけ店が多いと、真二郎さんに店の目玉商品を描いてもらっても、ごくごく小さくなってしまいます。それではせっかくの絵が目立ちません。それに饅頭の文字の横に饅頭の絵では、もったいなさすぎます。だったら、図の空《あ》いているところに、獅子舞《ししまい》や鳥追い、猿回しや町火消《まちびけし》の出初《でぞめ》、凧あげや羽根つきをしている子どもの姿など、正月らしいめでたいものを描いてもらったら、うんと華やかになるんじゃないかと……どうでしょうか」

「なるほど。品物の絵はなしで、正月らしいものを……か。説明のための絵はつまらんし……うん、おれにも異論はねえな」

真二郎がうなずいた。真二郎の同意を得て、吉は嬉《うれ》しくて飛び上がりそうだった。光太郎とやりとりを重ねる中で、ただ書くだけではだめだと気づかされた。読む人が誰で、読売や冊子に何を求めているのか、どう書けば満足してもらえるのかということを考え、工夫することが不可欠なのだ。光太郎が神田明神と七福神の神社を文章ではなく、絵で見せようと、すみに指示したのもそれだからだ。

真二郎は吉の目を見つめて微笑《ほほえ》む。

「その方向で光太郎さんに相談してみるか。……四十七軒もあるんだ。お吉はさっそく店を回ってこい。神田、湯島、日本橋、今日はどこを回る？」

「日本橋を……十軒ほど回りたいと思います」

「よし……光太郎さんに話をしたら、おれも追いかける」

「はいっ！」

昨日までのぐずついた天気とは打って変わって、冬晴れだった。

日本橋の大通りはいつも通りの賑《にぎ》わいで、近くの魚河岸《うおがし》からは男たちのかけ声が聞こえた。五街道《ごかいどう》と海からさまざまな物産が連日ここに集まり、「日本橋　竜宮城《りゅうぐうじょう》の　港なり」と川柳《せんりゅう》で歌われる、日《ひ》の本《もと》一の賑わいだ。

まず向かったのは、駿河町の大通りをはさんで向かい合って江戸本店と江戸向店を構える「越後屋」だ。越後屋は「芝居千両、魚河岸千両、越後屋千両」といわれ、江戸っ子だけでなく、江戸に来た人々がひと目見たいと上ってくる店でもある。

正月の晴れ着をあつらえる娘や、大晦日に奉公人に渡す反物《たんもの》を物色する御内儀《おないぎ》、反物を広げる奉公人などで、広い店内はいっぱいだ。

「一月四日から年賀《ねんが》大安売りを執《と》り行ないますよ。私どもの店では『現銀《げんぎん》掛け値なし』で普段はお値引きを一切いたしませんが、越後屋で初買いをしていただくために、特別な値でご提供させていただきます。詳しくは師走に出る引き札をご覧ください。おいでをお待ちしています」

小僧は自分が越後屋の看板を背負っているかのように、凜《りん》と微笑んだ。越後屋の引き札のちらしは、越後屋に縁のない長屋住まいの女たちにとっても憧《あこが》れをかきたてる代物《しろもの》だった。

本町二丁目と三丁目の間の大伝馬本町通りには、両側には薬種商が集まってい
る。
「あ、あった」
吉は藍《あい》染めに白く鰯屋《いわしや》と染め抜いた暖簾《のれん》を見つけると足を止めた。薬種・鰯屋《いわしや》
の大看板、白龍香《はくりゅうこう》の吊り看板、鰯屋名薬調痢丸《ちょうりがん》と錦袋子《きんたいし》と彫《ほ》られた木製の立派
な立て看板も目を引く。
「調痢丸はくだり腹の薬でよく効《き》くよ。備えておいて損はない薬だね。もひとつ
鰯屋で有名なのが錦袋子だ。熱が出たり、鼻水や咳《せき》が止まらなくなったときには
これに限る」
民は薬屋にも一家言《いっかげん》あり、鰯屋の薬をきらしたことがないのを自慢にしてい
る。
鰯屋の中では町医者と算盤《そろばん》を手にした番頭が百味簞笥《ひゃくみたんす》の前で話し込んでいた。
吉はその足で、本石町《ほんこくちょう》二丁目の菓子匠《かししょう》「金沢丹後《かなざわたんご》」を訪ねた。金沢丹後は幕府
や水戸《みと》藩、加賀藩、薩摩《さつま》藩の御用菓子商で、美しい有平糖《あるへいとう》で知られている。
有平糖は、砂糖を煮詰めて、季節の花や蝶《ちょう》など、様々な形に固めたお菓子だ。
美しい造形、明るく華やかな色彩が魅力で、桃の節句《せっく》や端午《たんご》の節句の飾り菓子、

茶道《さどう》の添菓子《そえがし》などに用いられる。

金沢丹後の有平糖は金花糖《きんかとう》と名付けられ、花の形をした菓子を本物と間違えて、蝶々が留まったという逸話《いつわ》があるほど、精緻《せいち》な技巧《ぎこう》で知られていた。また、幕府からも「献上菓子御受納」を拝命《はいめい》しており、店主は羽織袴《はかま》と帯刀《たいとう》を許され、江戸城へ登城する際には、一般的な商人が使う通用門ではなく、表玄関の通行を特別に許可されてもいる。

吉は店頭に立ち、店の中に目をこらした。白玉椿《しらたまつばき》、寒菊《かんぎく》と書かれた木札が長押《なげし》の上に並べられている。今日、販売されている金花糖だろう。

金花糖は、食べる宝玉《ほうぎょく》だ。有平糖の値段は通常でも、普通の落雁《らくがん》の三倍、餅《もち》菓子の二十倍にもなる。金沢丹後の金花糖の値はさらにそのはるか上だった。ひとつ食べてみたいと軽々しく口にできる代物ではない。

前もって注文を受け、家に直接届ける菓子が多いのか、店には客の姿もないし、本日は見本の金花糖もおいていない。菓子は奥に積まれている木箱の中に収められているようだった。

「お吉！　口からよだれが出てるぞ！」

はっとして振り向くと、馬琴が立っていた。

「えっ、ぃやだ！」

あわてて口に手をあてたが、よだれは漏れていなかった。人の悪い目をして、馬琴はにやにや笑っている。そういえば今朝、馬琴が川柳の会があるので日本橋に行くといっていたことを思い出した。

「例の店案内か？　金沢丹後も紹介するつもりか」

吉がうなずくと、馬琴はぽりぽりと顎《あご》をかいた。

「さ、中へ入るぞ」

「えっ、先生、買ってくださるんですか」

馬琴の足が止まり、くるりと振り向いた。すが目になっている。

「何調子こいてんだ。何が悲しくておれがおまえにおごる。おれだって人からもらってしか食わねえのに。だが、見るだけならただだよ」

馬琴は店の者に、手際よく風香堂が七福神巡りの冊子を作り、この店を紹介するつもりだと説明し、どれでもいいから金花糖を見せてくれといった。

すぐに主《あるじ》が出てきた。恰幅《かっぷく》がよく、背筋がぴんと伸びている。菓子匠というよりお武家のようで、吉など気後《きおく》れしてしまいそうな雰囲気《ふんいき》をまとっている。

「これはこれは、馬琴先生。わざわざ足をお運びいただきまして、ありがとうございます」

床几に並んで座った二人の前に、一番上の木の箱がおかれた。

その中から主はひとつ取り出して、懐紙を敷いた漆塗りの皿にうやうやしく載せた。

「白玉椿でございます。花言葉は八千代《やちよ》の栄え、そして長寿。ですので、還暦《かんれき》の祝いなどめでたいことにご用命いただくことが多うございます」

ほーっと吉からため息が漏れ出た。まん丸でかわいらしい、真っ白な椿だ。ほころびかけた花弁の中心に黄色のおしべがわずかに見える。清く美しく、何より本物と間違えそうなほど精巧《せいこう》だ。

「馬琴先生、お包みしましょうか」

「いやいや、それには及ばぬ」

どきんと跳ね上がった吉の胸がしゅっとしぼむ。だがこれで話が終わってはもったいない。吉は勇気を振り絞って尋ねる。

「一月の初売りでは、どんなものをお作りになられますか」

「……寒牡丹《かんぼたん》を作るつもりです。『冬牡丹　千鳥《ちどり》よ雪の　ほととぎす』という句を思わせる、真っ白な。幾重《いくえ》にも花びらが重なる牡丹を」

「芭蕉翁《ばしょうおう》だな」

　主が手を打つ。

「さすが馬琴先生。そうでございます。さて、その冊子に書かれるのはこちらの娘さんですか」

「はい。風香堂の書き手をしております吉と申します」

　馬琴は、読売で團十郎や娘義太夫《むすめぎだゆう》の好物の菓子を紹介したのもこの吉だといい添える。

「そういえば馬琴先生もお出になっていらっしゃいましたね」

　馬琴が露骨にいやな顔をした。吉に、引き受ける条件を出したのが、馬琴のおかした間違いだった。まさか吉がそれを解決するとは思わなかった。結局吉に詰め寄られ、馬琴は好物の塩瀬総本家《しおせそうほんけ》の薯蕷《じょうよ》饅頭をしぶしぶ推薦するはめになったのだ。

　すっとお茶が出された。主はふたりにどうぞと勧める。透き通るような白磁《はくじ》に藍の蛸唐草文様《たこからくさもんよう》が美しい茶碗だった。白の地色ゆえに中ほどまで注がれた茶の鮮やかな緑が際立つ。

「まぁ、なんて美味《おい》しい」

濃い旨《うま》みと適度な渋みが口いっぱいに広がり、まろやかに喉《のど》を通っていく。上《じょう》煎茶《せんちゃ》だ。それもきわめて上等な。薄くなめらかな茶碗の口当たりも柔らかで心地よい。主は吉の顔を見てふっと笑った。

「いい顔でお飲みになる。お吉さん、これをお持ちなさい」

美しく包装された小さな箱が差しだされた。

「白玉椿も、目で舌で、じっくり味わっていただきましょう」

「あ、でも、持ち合わせが……」

巾着《きんちゃく》を改めなくても、中には四文銭と一文銭しかないことはわかっている。

「お気になさらず。風香堂の菓子の記事はおもしろく読ませていただいていますので」

店を出ると、馬琴はうまくいったと満足げにうなずいた。

「いけねえいけねえ。時刻に遅れちまう。じゃあな」

それっきり、馬琴はきびすを返し、すたすたと足を速めて去っていく。吉はその背中にもう一度頭を下げた。

十軒店《じっけんだな》の人形店「福徳《ふくとく》」には早くも羽子板《はごいた》が並んでいた。室町《むろまち》四丁目の蠟燭屋《ろうそく》「阿波屋《あわや》」では絵付けの蠟燭を、本銀町の瀬戸物屋「佐竹《さたけ》」では一富士二鷹三《いちふじにたかさん》茄子《なすび》が描かれた豆皿を見つけた。

目当ての店を回り終えたときには、とっくに昼は過ぎていた。吉は思案橋を渡り、小網神社まで歩くと、境内《けいだい》の階段に腰をかけた。風呂敷からにぎり飯を取り出してほおばる。

白の絵の具を流したような淡《あわ》い青空が広がっている。

そのときになって、真二郎が来なかったことに気がついた。光太郎と話をしたら追いかけるといっていたが、何か急用ができたのだろう。理由なく、すっぽかす真二郎ではない。

店の聞き取りは、あわただしくはあったが、おもしろかった。

世の中にはたくさんのものがあふれ、それぞれの店では人々が懸命に働いている。

だが、心に冷たい風が吹いていることにも、吉は気がついていた。まるで小さな穴があいているかのようだ。

関寿の死が思いの外《ほか》、重くのしかかっている。関寿のことをこころよく思っていたわけではない。最初に見たときには、調子のいい軽い男だと思った。

変わったのは、早くに親を亡《な》くし、苦労して育ったと知ってからだ。

今、ひろは泣いているだろうか。息子のような年齢の関寿に入れあげ、ひと目もはばからず、べったりと寄りそっていた姿は、見苦しいだけでなく、あわれで心淋《さび》しかった。

でも、あわれなのは誰より関寿だろう。あれだけ踊りがうまく、顔も姿も恵まれていたのに、まわりにはひろのような女しか集まらず、あの若さであっけなくこの世から走り去った。芸にほれて、引きあげてやろうという人とどこかで巡り会うことができたなら、運命は変わったはずだ。

引きあげてもらえる人とそうではない人、どこか違いがあるのだろうか。

考えながら歩いているうちに、宝泉寺が見えるところまで来ていた。

冬でも青々とした生け垣を隔《へだ》てていても、中から人々の笑い声や拍手が聞こえる。春松屋の隠居が今日も得意の落語を披露《ひろう》しているのかもしれない。

「やっぱりここだったか」

後ろから肩を叩《たた》かれ、振り返ると、真二郎が立っていた。

「なんだか気になって。あら……」

真二郎は手に花を持っていた。近くにいた花売りから買ったという。

「手ぶらで行くのもなんだろ。月輪に挨拶《あいさつ》したら、関寿の墓に手向《たむ》けてやろう」

真二郎は吉に花を手渡した。真二郎の気遣いが嬉しかった。

本堂の中にはいつもの顔が並んでいた。月輪は団子を盛った皿を手に、みなに一本一本、配っている。

「まあ、いい匂い。今日のおやつは醤油《しようゆ》団子なんですね」

「おふたりもいかがですか……その花は関寿さんに？」

月輪は吉の手の中の花に目をやり、微笑んだ。

「ええ。……でもその前に、お手伝いいたします」

吉は真二郎に花を預けると水屋に向かう。

月輪は菓子を配り終えると、お茶を淹《い》れる。吉は用意してあった土瓶《どびん》を手に取った。中にほうじ茶の葉が入れられている。春松屋の香りのいいほうじ茶だ。かまどにかけられていた大きな薬缶《やかん》から湯を注いだ。ちゃぶ台の上に、焼きたての醤油団子がもうひと山皿に盛られていて、ここからも香ばしい匂いが立ち上っている。

空《から》になった皿を持って月輪が戻ってきた。

「いつもお使い立てしてすみませんね」

「いいえ。私、お茶を淹れるのだけは得意なんです。半年前まで菓子屋に奉公していましたから」

吉はそろいの湯飲みにお茶をつぎながらいった。

「菓子屋に？」

月輪が眉《まゆ》を上げる。

「ええ。子どもの頃から小松町の松緑苑という店で女中をしておりました」

「そうでしたか。それじゃ、美味しいお茶を淹れるのはお手のものですね。それにしても菓子屋の女中さんから読売の書き手になられたとは、ずいぶん思い切った転身ですね」

「我ながらどうしてこうなったか……ときどき不思議な気がするんですよ」

ふたりは顔を見合わせて笑った。吉はずっと聞きたかったことを切りだした。

「……あの……和尚《おしょう》様はどこかの菓子屋で修業なさったんでしょうか」

月輪はあっけにとられた顔になった。笑い声がはじける。

「まさか。実は菓子作りは私の唯一の楽しみで……。見よう見まねでこしらえているんです。ですから饅頭、団子、大福《だいふく》、草餅……できるのはこれだけです。菓子屋に奉公していたお吉さんに太鼓判《たいこばん》を押してもらったことを知ったら、菓子職人だった父もあの世で喜んでくれるでしょう」

「えっ、和尚様のおとっつぁんも菓子職人だったんですか」

吉の父親も松緑苑で菓子を作っていたというと、奇遇《きぐう》なこともあるものだと、月輪の目が丸くなった。

月輪の父親は、若くして亡くなり、母も相次いでこの世を去り、月輪は寺に預けられたという。

「父がもう少し長生きしてくれたら、私も菓子職人になっていたんでしょうな」

「きっと当代一の菓子職人になっていたかも。和尚様のお菓子は本当に美味しいですもの」

月輪は澄んだ目を細めていかにも嬉しそうに笑う。

吉にとってそうであるように、月輪にとっても菓子は特別なものなのかもしれない。月輪への親しみが深くなる。

「和尚様、わたし関寿さんがかわいそうでならなくて……」

吉は思い切って口にした。月輪は短く息をはいてうなずく。

「正直、亡くなるには若過ぎた、もったいなかった。しかし、生老病死《しょうろうびょうし》……生まれ、老い、病になり、死ぬ、四つの苦は、人の思うようにはなりません。何もかも仏様の結縁《けちえん》でございましょう」

醤油団子はほっとするような味だった。もちもちの団子に生《き》醤油をほんの少したらし、表面をあぶっただけの素朴《そぼく》な団子だ。本堂の中には、いつも通りの笑顔があふれていた。関寿の弔《とむら》いが昨日だったとは思えない。

真二郎とともに風香堂に戻る道すがら、香玉寺の前を通った。冬の日は短く、すでに暮れはじめている。もう襷《たすき》をかけた大勢の女たちの姿は見当たらない。しかし、本堂には灯《ひ》がともっていて、人の影が見える。やがて読経《どきょう》が始まった。妙恵の声に何人かの声が唱和する。葉を落とした梢《こずえ》を静かに震わせるような澄んだ声が、吉の心を洗い、鎮《しず》めてくれるかのようだ。

しばらく行くと、真二郎は月輪の話をしはじめた。

「さっき、寺で聞いたんだが、どうやら月輪は内藤新宿あたりの出らしいぜ」

「内藤新宿！」

「あぁ。花園稲荷の話が出たときに、親が働いていた店が近くにあると春松屋のご隠居が聞いたそうだ」

吉ははっとして、先ほど月輪自身から聞いた父親の話をした。真二郎は大きく息をはき、腕をほどいた。

「菓子職人だった父親が早くに亡くなったのか……暮らし向きは楽じゃなかった

「かつかつに決まってますよ。職人だもの、贅沢しなければ暮らせるくらいのお給金しかいただけなかったはず。月輪さんもご苦労なさったと思いますよ」

「母親が亡くなってからは、寺に預けられたっていったな」

「ええ。それで立派な和尚様になったなんて。今どきない、いい話ですね」

吉が前のめりになっていったのに、真二郎は気のない調子でまあなとつぶやく。

風香堂に戻ると、真二郎は光太郎とふたりで出て行った。

「あ〜〜っ。もういやだ。みんな丸一日出歩いているのに、あたしはず〜っと机の前で……もう足から根っこが生えそうだ」

光太郎の姿が消えた途端、すみが癇癪《かんしやく》を爆発させた。吉はしかたなく、すみの前に座った。

「ご苦労様。どんな絵を描いてるの？　見せてもらっていい？」

すみは無言で乱暴に一枚の絵を差し出す。神田明神の本堂が描いてある。吉は唇を引き結んだ。

「なんべんも描き直しって、突き返されて」

無言のままじっとすみの絵を見つめている吉にいらだったように、すみは食ってかかる。

土産物屋で売られている扇子《せんす》に描かれているような、当たり前の絵だった。

「描けといわれるから描いてるのに……」

吉はごくっとつばを飲み込んだ。面倒なことになるのはわかっていても、いわずにはおれない。

「これ、だけ？」

「これだけって……」

すみは机の下から紙の束をつかみ、ぐいっと吉に突きだした。吉は一枚、また一枚、めくって目を走らせる。ほとんど同じ構図のものばかりだ。

吉は額《ひたい》に手をあてた。思わずため息が漏れ出た。すみの絵は悪くない。土産物の扇子なら、これで事足りる。でも、この記事にこの絵はない。思い切って口を開く。

「江戸っ子なら、神田明神は総鎮守《そうちんじゅ》なんだもの、どこにあって、どんな門構えで、どんな神様が祀《まつ》られているかってことくらいは、みんな知ってる。……この冊子を買うのは、私やおすみさんみたいになんべんも神田明神に参拝してる人よ。おすみさんの絵はよく描けているけど、この絵を買いたいって思う？」

「へたくそだっていうの？　あたしのこの絵が？」

「そうじゃなくて……氏子《うじこ》の彦助さんの話を思い出してみようよ。明神坂を目指して船は江戸湊《みなと》に入ってくるとか、『助六』を舞台にかけるときには、摂末社《せつまつしゃ》の水神社に團十郎がお参りするとか、鳥居を全部くぐったらぼけ防止、健康長寿、五穀豊穣《ごこくほうじょう》などの御利益《ごりやく》があるとか。おすみさん、そんなこと知ってた？　あたしは知らなかった……」

「ちょっと待って。神田明神を描いたこの絵は、そもそもいらなかったってこと？」

「そういうことじゃなくて……」

「馬鹿にしてるんだ、みんな。描けっていうだけで、何日も放《ほ》ったらかし。描いたら描いたで、偉《えら》そうに文句ばっかりつけて、あたしのせいにして。悪いのはあたしじゃない。そっちだ」

　すみは自分の絵が受け入れられないことを人のせいにしはじめた。すみが絵師見習いとして雇われ、何度となく繰り返されてきたやりとりだ。すみの唇は震え、目に涙がふくれあがっている。

数ヶ月前、すみをクビにするといった光太郎に、吉はもうちょっと待ってほしいと頼んだ。だが、いくら言葉を尽くしても、すみは態度を改めない。

いつもなら、吉はなだめにかかるところだ。それを振り切って、すみは風香堂を飛び出し、祖母の具合が悪いと理由をつけて休み、何食わぬ顔でまた出てくる。そんなことを何度も繰り返してきた。

吉は膝においた両手を握りしめた。

「よく聞いて。自分の頭で、どんな絵がふさわしいかを考えるのも、読売の絵師の仕事よ。それができないなら、残念だけどおすみさんにこの仕事は向かない」

「ふん。ついにいったね。絵師に向かないって。でもそれはお絹さんのまねごとだ。書き手見習いのあんたに何がわかるっていうんだ」

「この仕事をはじめてから、いろんな絵を見てきたもの。人からいわれたものしか描けないんじゃ、絵師はつとまらない。……あたし、おすみさんにこれまでの読売の絵を見て勉強してって、なんべんもいったよね。見ればどういう絵が喜ばれるのか、わかるから」

すみはぷいっと明後日《あさって》のほうを見た。

「旦那さんが何もいわずに突っ返したってのも、絵師としておすみさんが本気でやっていくつもりなら自分で考えろっていいたかったからじゃないかな。……絵師の仕事を続けたいなら、もう人を当てにしちゃいけないよ。自分で考えて描くしかない」

すみは吉をにらみつける。

「菓子屋の女中だったくせに……饅頭とか草餅とか、ただ売ってただけのくせに、よくまあずらずら勝手なことを並べたてて……」

吉は悲しくなった。十二歳から二十五歳まで働いた松緑苑での十三年間をそんな風に片付けてほしくなかった。

「おすみさんこそ、何にも知らないくせに……女中の仕事だって、奥が深いんだ。あたしは女中の仕事が好きだった。考えてもみて。注文を受けた菓子を包んでお勘定《かんじょう》するだけじゃ、おもしろくないし、お客さんもつかないよ。この菓子のどこがどう美味しくて、どんな工夫をしてあるのかってことを、お客様にどう伝えるかが、菓子屋の女中の腕の見せどころなんだ。それぞれの菓子に職人さんがどんな思いをこめてるのか、お客さんにわかってもらうのが嬉しくて。それがやりがいにつながっていたんだよ」

ひとつひとつの菓子に、小さな歴史があって、いろんな物語が秘められている。菓子本来の味わいと人の思いや物語がまじり合えば、味わいがいっそう深くなる。

「とんだ長口上《ながこうじょう》だ。それだけしゃべれば気が済んだ?」

すみは机の上を片付け、帰って行った。

吉はため息をついた。がたんと窓際で音がする。振り向くと、絹が帰り支度《じたく》をしていた。

まさか絹がここにいたとは思わなかった。よくぞ絹は口をはさまなかったものだ。すみ、いや、すみと吉をまとめて一喝《いっかつ》してもおかしくない。どれだけ我慢して黙っていたかと思うと、かえって恐ろしくもある。

「お吉さんにはあきれましたよ。お節介もたいがいにしないと。でもお吉さんみたいな懲りないお人好しがいることで、世の中がやんわりと回っているのかもしれませんね。おすみさんのためにいいにくいことも口にするなんて、ちょっと見直しましたわ。いずれにしても正しいことだけが通用する世ではありません。結局おすみさん次第ですが」

それだけいうと、お先にと絹は帰って行った。ほめられたのかけなされたのかわからないが、絹が吉の気持ちをわかってくれているような気がした。

吉は気を取り直して、今日の聞き取りの整理をした。切絵図に印《しるし》をつけ、店名、住所、店の特徴とおすすめの品物を書き連《つら》ねる。先日回った、うさぎ屋と春松屋のことをちょうどまとめ終えたとき、真二郎が戻ってきた。

「お、まだいたのか。明日なんだが、店回り、ひとりでやってもらえるか」

「いいですけど。お寺はどうします？　宝泉寺だけじゃなく、香玉寺も話を聞きに行かないと……」

　真二郎は吉の前に座ると、あぐらをかいた。

「すまねえな。明日はちょっと……」

「一階のお仕事ですか？」

「いや、月輪の父親が菓子職人をしていたかもしれねえ内藤新宿の菓子屋を探しに行ってみようか、と」

「ど、どうして？　わざわざ内藤新宿くんだりまで」

「ちょいと気になるんだ」

「気になるって……何が」

　吉は真二郎を見つめた。真二郎は低い声でいう。

「確かに関寿は石見銀山《いわみぎんざん》を飲んで死んだわけじゃねえ。だが……人が死にすぎていると思わねえか。十月《とつき》で十一人だぜ」

「……医者は、心の臓がって……」

「死因がわかんねえときの医者の常套句《じょうとうく》だ」

「でもそれが、内藤新宿の菓子屋とどう関係してるんですか……」

「わからねえ。無駄足になるかもしれねえが……行ってみてえのよ」

苦く笑った真二郎を、吉はきっと見た。

「あたしも一緒に連れて行ってくれませんか」

「…………」

「菓子屋のことならあたしが誰より知ってますから」

吉はきっぱりいい切った。金沢丹後の白玉椿は、松五郎と民に届けた。その精巧な美しさにふたりはため息をもらし、しばらくは床の間に飾るといった。

二

馬琴の家はしんと静まりかえり、戸が閉じられている。あと半刻（約一時間）もしたら女中が起きだしてかまどに火を入れる。今日は金糸雀《カナリア》の世話の手伝いができないという伝言を、門の下にすべり込ませ、吉は真二郎と待ち合わせている風香堂に急いで戻った。

今朝、吉は木戸が開くのを待って家を出た。内藤新宿まで往復するので、足下は脚絆《きゃはん》とわらじで固めている。夜から冷えが厳しくなり、ところどころに薄氷が張っていたが、幸い天気はよくなりそうだった。

江戸城を右手に見ながら、比丘尼橋《びくにばし》を渡る頃、ようやくあたりが明るくなった。山下御門《やましたごもん》を通り、名水で知られる桜田壕《さくらだぼり》土手下の「柳の井《やなぎい》」という井戸で喉をうるおす。さいかち河岸を抜け、半蔵門《はんぞうもん》を左折し、麴町《こうじまち》を通り四谷《よつや》御門に向かった。

真二郎の足下もいつもの雪駄ではなく、わらじ脚絆だ。

「上田が内藤新宿の源吉《げんきち》という御用聞《ごようき》きに動いてもらえといってくれた。まずはそこを訪ねよう」

「まあ、上田さんが⁉　持つべきものは幼馴染《おさななじ》みですね」

「なんでも成覚寺《せいかくじ》の近くで、かみさんとそば屋をやっているらしい」

「……成覚寺ってお寺？　真二郎さんはご存じなんですか」

「田安《たやす》殿の下屋敷を過ぎて内藤新宿下町《したちょう》と仲町《なかちょう》の角を右に曲がったところにあ

るそうだ。町の人なら誰もが知ってる寺だから、迷子になりようがねえってさ」

上田鉄五郎は見習い期間を含めて九年、同心をつとめている。真二郎に劣《おと》らぬ剣の使い手で、まじめで誠実な上、からっとしていて気がおけない。先月、同じ同心の家から十八歳の娘を嫁に迎えたばかりでもある。

真二郎とふたりで歩くのは楽しかった。すみのことだけが、胸にぽつんと墨《すみ》を一滴落としたかのようにひっかかっている。けれど、自分が悩んでもしかたがないと、吉は憂《うれ》いを追いやる。

四谷御門を過ぎると、寺の大屋根が通りの向こうにもこちらにも重なって見えはじめた。寛永《かんえい》年間に江戸城西の丸が全焼し、その後外堀を拡張する普請《ふしん》が行なわれ、麹町の寺社がこちらにまとめて移転させられた。

内藤新宿に近づくにつれ、往来に人の姿が増えはじめた。日本橋から二里（約八キロ）とちょっと。内藤新宿は品川《しながわ》、千住《せんじゅ》、板橋《いたばし》とともに、日本橋に最も近い江戸四宿のひとつである。

旅籠《はたご》が五十軒、引き手茶屋八十軒があり、江戸四宿の中でも内藤新宿は品川宿に次ぐ賑わいでも知られている。幕府非公認の色街でもあり、宿によっては客をもてなすという名目《めいもく》で、飯盛女《めしもりおんな》や茶屋女といった遊女を抱えている。

「賑やかなところですね」

　はじめて訪れた内藤新宿に吉は目をみはった。留女《とめおんな》が旅人の腕を握り宿にひっぱりこむとか、首に掛けた荷物をつかんで離さないなど聞いていたが、出立した旅人を見送ったばかりなのか、この時刻には客引きの姿は見当たらない。だが、荷を積み上げた大八車《だいはちぐるま》、荷駄《にだ》をのせた馬がひっきりなしに通り過ぎ、通りにわさわさと人々の声が響いている。

　内藤駿河守《するがのかみ》の下屋敷を過ぎてすぐのところが内藤新宿下町と仲町の辻で、右に曲がった先に成覚寺があった。

　隣に見えるそば屋の煙窓からは湯気が白く上がっている。源吉のそば屋に違いなかった。

　真二郎はほうきで店の前を掃《は》いていた小僧に声をかけた。小僧はうなずき、店に駆け戻ると、「大将！」と奥に向かって叫《さけ》んだ。

　四十前後とおぼしき男が頭から手ぬぐいを外しながら出てきた。襷で袖をくくり、前掛けをかけ、額にはうっすらと汗をにじませている。上田からの書状に目を走らせると、源吉は口元を引き締め、真二郎を見上げた。

「源吉と申しやす。遠くまでご苦労さんでございやす。上田様にはお世話になっておりやす。……で、どんなご用でござんしょう」

だるまを思わせるくっきりとした目鼻立ちだが、背は低く、吉の肩くらいまでしかない。源吉は真二郎と吉を店の中に招き入れた。同じ年頃のおかみさんがすぐさまそば茶を運んでくる。真二郎は月輪という僧の父親が働いていた菓子屋を探していると簡潔《かんけつ》に話した。

「月輪……聞いたことがありやせんが。花園稲荷の近くの菓子屋は何軒か心当たりがありやす。……行ってみますか」

源吉は襷と前掛けを外した。

「お気をつけて」

おかみさんの声に送られ、三人は歩き出した。

源吉は一年ほど前に、暗闇徳治郎《くらやみとくじろう》という盗賊の一味を追ってきた上田の手伝いをしたのだという。

「上田様は八面六臂《はちめんろっぴ》のお働きで……ここから目と鼻の先の長善寺《ちょうぜんじ》の裏長屋に頭《とう》目《もく》が潜んでいることをつきとめたのも、上田様の探索のたまものでやした。あいにく一網打尽《いちもうだじん》とはいきやせんでしたが、主な輩《やから》をお縄《なわ》にしたのも上田様でやす」

吉も暗闇徳治郎の名は知っていた。昨年のちょうど今頃、その名は読売を賑わし、江戸中に広まった。

暗闇徳治郎は関八州《かんはっしゅう》を荒らし回り、江戸に流れてきた盗賊だった。旗本や大名の御用達の店に目星《めぼし》をつけると、何年も前から引き込み役の手代や女中を送り込み、掛け取りの大金が集まる盆暮れに事を起こす。

瀬戸物問屋の二階堂《にかいどう》、廻船《かいせん》問屋の新山屋《にいやまや》……名だたる大店がその餌食《えじき》になった。夜陰《やいん》に乗《じょう》じて押し込み、家人はじめ雇い人のすべてを縄でしばりあげ、根こそぎ奪う。抵抗する者は容赦なく斬り捨てた。立て直しが叶わず、夜逃げに追い込まれた店も少なくない。

読売に描かれた徳治郎はどこにでもいるような金壺眼《かなつぼまなこ》のじいさんで、その顔からはなんの残虐性《ざんぎゃくせい》も感じられず、それがかえって恐ろしかった。あの絵も江戸中の話題になったものだ。

もしやと吉は真二郎の顔を見た。

「あの似顔絵《にがおえ》を描いたのって……真二郎さん？」

真二郎は苦笑した。図星《ずぼし》だった。

「盗まれた金は出てこなかったんですよね」

頭目はじめ主《おも》な者は捕らえられ死罪となったが、全員ではなかった。民たち江戸っ子は「おかみの手を逃れた者たちが隠し金を山分けにしたに違いない」「死んで花実が咲くものか生きてるうちが花なのよ」と、自分の金でもないのに悔しがった。

花園稲荷は町の守り神として信仰を集める新宿総鎮守だ。境内には、芝居小屋《しや》や見世物小屋もあり、「歌舞伎」、「娘義太夫」などの幟《のぼり》が立っていて、中から三味線《みせん》や太鼓の音が聞こえている。飴《あめ》やせんべいを売っている屋台や、土産物を売る店にも人だかりができており、参拝の人が鳴らす鈴の音もひっきりなしだ。

「まるで祭りだな」

「ほんと。立派な小屋がいくつも……浅草の奥山《おくやま》みたい……」

芝居小屋などは大火で焼失した社殿を再建する金を集めるために作られたもので、近ごろでは花園稲荷は芸能を守る神様としても知られていると、源吉は胸を張った。

参道に並ぶ菓子屋を順に回った。三軒目の菓子匠若松《わかまつ》で、吉は目をみはった。大福餅、饅頭、金鍔、草餅……すべて二口ほどで食べられるような大きさのものが、木箱にぎっしり並んでいる。

「この店だわ」

吉は真二郎にうなずいた。真二郎はさっそく二十年ほど前に早世（そうせい）した職人がいなかったかと、店の者に聞いたが、そんな昔のことを覚えているのは主だけだとそっけない。

だが源吉が後ろから顔を出すと、店の者は態度を変えた。

「おやじさんはいるかい？」

「ちょいとお待ちを」

しばらくして四十がらみの男が出てきた。

「うちの職人のおたずねとか……何かありやしたか」

「いや、人捜しで……ご迷惑をかけることじゃねえんで安心しておくんなさい」

穏やかに源吉がいうと、主の表情がほぐれた。御用聞きが改まって訪ねて来たら、腹に何も抱えてなくてもぎょっとする。

「二十年前でやすか。そのときはまだ先代がこの店をしきっておりやした。職人は三人。その中にあっしより七つほど年上の竜二《りゆうじ》という男がおりやした。いい腕をしていて、将来を嘱望《しよくぼう》されていた職人です。その竜二が早馬にはねられ、そのままあっけなく亡くなったのはちょうどそのころで……」

竜二の家族のことを尋ねると、それからまもなく竜二のかみさんが流行病で亡くなり、幼いひとり息子は竜二の兄夫婦に引き取られたと風の噂で聞いたと続けた。

「お恥ずかしい話ですが、うちの先代が女に入れあげ、家ん中がごたごたしてたころで……あっしも赤坂《あかさか》の店で修業しておりやして、竜二一家の力になってやることはできやせんでした……」

「竜二さんの息子さんの名前はご存じですか」

「……ひで坊……といっていたような」

竜二一家が住んでいたのは、塩町《しおちょう》三丁目の裏長屋だったが、もう取り壊され、当時のことを知っている人もいないだろうという。

主にお礼をいい、店を後にしようとしたとき、吉はおずおずと口を開いた。

「あの〜、若松さんのお菓子はみんな小ぶりですけれど、何か理由があるんですか」

主は吉に目をやった。吉は小さな声で続ける。

「小さい菓子を形良く作るのは大変なのに……」

「この大きさと決めたのは先々代の祖父でございやす。祖父は百姓の生まれで、菓子屋で修業をはじめるまで、甘いものなど口にしたことがなかったそうで。自分が店を構えたら、小さくてもいいから手頃な値段の菓子を売り出そうと決めていたと聞いておりやす。小ぶりですが、値段も半分。おかげさまでお客様には、近在への土産物としても重宝《ちょうほう》していただいておりやす」

「値段が半分って嬉しいですよね。ふたつ食べてもひとつ分の値段ですもの」

我が意を得《え》たりとばかり、主は相好《そうこう》を崩《くず》した。

吉は真二郎と源吉にちょっと待ってくださいと声をかけ、店の小僧を手招きする。

「大福と金鍔、草餅を三個ずつを五包み、五個ずつを一包み、お願いします」

またはじまったと真二郎が天井を見上げた。

吉は受けとった包みの一つを源吉に渡す。

「何か用意してくればよかったんですが、急なことで……源吉さんの地元のものですが、気持ちですので召し上がってくださいね」

菓子には源吉というより、源吉のかみさんが大喜びで、売り物のそばやら自慢の漬け物を振る舞ってくれた。

源吉に打ち立てのそばを上田にことづけられ、吉と真二郎は帰途《きと》についた。

まだ日は高く、ゆっくり歩いても、日暮れまでには万町に戻れそうだった。

真二郎は大木戸まで来ると、一枚絵を描きたいので吉に少し待ってくれとい
い、筆を取り出した。

大木戸は、江戸はここからという境界で、江戸への入り口である。かつては関
所がおかれ、通行するには通行手形が必要だったが、今は木戸も廃止されて残っ
ているのは石垣だけだ。

真二郎はさらさらと木戸の様子を描きはじめた。荷駄を載せた馬、かつて木戸
があった石垣の間を通り過ぎる旅人。木戸の前の茶店で一服つける人、つかのま
の休息を入れる飛脚《ひきやく》、駕籠《かご》かきの姿が再現されていく。

木戸を通ってすぐのところに赤い幟を見つけた吉は、あら、と声を漏らした。
小道の奥に長善寺があった。赤い幟はその隣の稲荷神社のものらしい。暗闇徳治
郎が潜んでいたのはこのあたりだと思うと、むくむくと好奇心がもたげてきた。

気がつくと裏長屋に入りこんでいた。

「つかぬことをお聞きしますが……暗闇徳治郎がひそんでいた長……」

「あんた何？　その話ならごめんだよ。みなうんざりしてるんだ。迷惑だ。出て
いっとくれ」

洗濯物を取りこんでいた女はそそくさと家に入り、ぴしゃんと戸を閉めた。吉は鼻をぽきんと折られたような気がした。

大通りに戻ると、ちょうど真二郎が木戸を通ってくるところだった。

「ええ。……さすが真二郎さん、よくわかりましたね」

「このあたりだな」

吉は感心して真二郎を見た。

「わかるも何も、大木戸をくぐりゃ、塩町じゃねえか。ここいらに竜二の一家が住んでいたんだよなぁ」

吉は驚いて真二郎を見上げた。

「竜二さん家族の長屋もここに⁉」

「どこだと思ったんだ？」

「……暗闇徳治郎が潜んでいた長屋があった場所……」

吉は奥の長善寺を指さした。

奇遇なこともあるもんだと話しながら、歩きはじめた。

「暗闇徳治郎という名前を口に出しただけなのに、あの長屋のおかみさんの剣幕《けんまく》といったら……よっぽどいやな目にあったんでしょうね。番小屋で何遍も同じ話をさせられたって、口から火を吹かれちゃいました」

「幕府の面目《めんもく》にかけて、残党と金の行方を追ってたんだ。並大抵《なみたいてい》な調べじゃなかっただろう」

「そうだったんですね。わたしったら、そこまで考えが及ばなくて……たまたま近くに悪党が潜んでいたってだけで自分のあずかり知らないことなのに責められたら、たまんなかったでしょうね」

「一味が隠していた金は三千両はくだらねえという。もう掘り返したのか、それとも隠したままにしているのか……」

「獄門《ごくもん》だったんですよね、捕まった連中は」

「ああ……割に合わねえよなぁ、盗みなんて」

「逃げたのは何人なんですか？」

「わからん。誰も口を割らなかったからな……」

「いためつけられたでしょうに……」

「裏切ったら、生き残った仲間が子どもや女房を殺すくらいの決まり事があったんじゃねえのか」

「でも、きっともう逃げおおせちゃってますよね。何食わぬ顔で……でもどこに逃げたのかしら。そういう家を用意しているんですかね」

「お吉、おめえ、とんだ知りたがりだな」

「……そ、そうかしら……」

ふたりは顔を見合わせ、噴き出した。吉がこんな風にあれこれ口にできるようになったのは、風香堂の書き手になってからだ。松緑苑にいたときには、もっぱら人の話の聞き役で、町の噂に首をつっこむなんてはしたないと思っていた。

今でも、盗賊のことを熱心に話しているなんて、人には知られたくない。けれどどういうわけか、真二郎とは忌憚《きたん》なく話ができた。面の皮が少し厚くなったのかしらと、吉はそっと首をすくめた。

「で、その菓子はどこに配るんだ？」

「馬琴先生、上田さん、松緑苑の旦那さんとおかみさん、大きなものは風香堂へのお土産です」

「菓子代がばかになんねえな」

「菓子屋の元女中でございますから、菓子代だけはけちらないんです」

うふふと吉が笑うと、真二郎は打つ手なしという顔をした。

風香堂にたどり着いたときは、さすがに吉もくたくただった。往復で四里歩き通した。

一方で、すみはどうしただろうかと吉は急に肝《きも》が焼けはじめた。

昨日、すみに対してはじめてきついいい方をした。すみを思ってのことだったが、わかってもらえたか心許ない。すみはやる気を出してくれるだろうか。風香堂を見限り、やめてしまうだろうか。息を短くはくと、吉は一気に階段をのぼった。

「ただいま戻りました」

頭を上げた吉の目がとまった。

いた。机に向かい、すみが筆を握っている。まわりには描き損じの紙が数枚散らかっている。

吉はよかったと胸をおさえた。

「そうそうお吉さん。伊勢平川の店と屋敷は伊勢大黒で買い取ったそうですよ。伊勢大黒の主には息子がふたりいるので、いずれ次男が分家して呉服屋を開くのかもしれません」

奥に座っていた絹が顔を上げていった。

「おひろさんはどうなさっているんでしょう」

「さぁ。……ご心配はいらないんじゃないですか。昔から役者に入れあげたり、長唄《ながうた》の先生の取り巻きになったりしていたそうですから。周りの人は案外、すぐにけろっとすると思ってるみたいですよ。あのような方がお好きなのは、ご自分ですから」

「そんな薄情な」

「いるんですよ、暇とお金はあるけど、中身がからっぽという人が」

はぁそういうものですかと、吉はうなずいた。普通の人がいったのなら悪口だと片付けられるが、絹がいうとほんとうのことに聞こえる。歯に衣《きぬ》着せぬ物言いを絹の域まで極めると、半端《はんぱ》ない説得力が備わるのだ。

吉はお茶を淹れ、若松のお菓子を配った。すみは目を合わせなかったものの、軽く頭だけは下げた。絹は「またお菓子ですか」と気の乗らない顔をしたが、菓子を見ると食いついてきた。

「これはどちらのものですか」

絹が吉の菓子にこれほど興味を示すのははじめてだ。

「内藤新宿の若松という菓子匠で求めたものですが」

「内藤新宿！　まあ残念……もっと近ければ」

「このお菓子、お気に召したんですか」

「ええ。気に入りました。この小ささが。……ちょっとしたお使い物によろしいじゃありませんか。奥のみなさまは、なんでも小さいものを好まれるので、話題にもなりますのに」

「おれはでっけぇほうがいいけどな。これじゃ腹にたまらねぇ」

光太郎が口をへの字にしてうなずく。

草餅はよもぎの香りがさわやかだった。あんのつぶし具合もいい。やや甘みが強く、そのせいか量がなくても満足感がある。金鍔は表面がぱりっと焼いてあり、やや堅めのあんのそくっとした歯触りとの対比が楽しい。だが大福は正直、物足りなかった。大福はやはり大きなものに限る。

「で、寺のほうはどうなってる。お吉！　そろそろ、宝泉寺と香玉寺のことをまとめろ」

吉は真二郎を振り返った。宝泉寺に関しては、このままだと往生ころりの願いが叶う寺と紹介することになりそうだった。

問題は香玉寺だ。読売に掲載したいということも妙恵には話していない。

「明日は、香玉寺にご一緒してもらえませんか？」

真二郎はうなずき、軽く顎をしゃくる。

「では明朝、わたしは馬琴先生のところからまっすぐに香玉寺にまいりますのでそちらで」

「わかった」

吉は菓子折をひとつ取り出して、真二郎の前におく。

「おそばを届けるときに上田さんにこちらもお渡しいただけませんか」

吉はそれからまもなく、風香堂を出た。

「お吉、ちょっといいか。話がある」

往来に出たところで、真二郎に止められた。

「松五郎さんと民さんとこに寄るんだろ。送っていくよ」

道中、真二郎は珍しく自分の話をした。関寿の弔いの朝、真二郎は兄に呼ばれて、朝湯を共にしたのだが、そのとき、義姉のことを相談されたという。

「いつからか、義姉は兄上と息子の出仕《しゅっし》を見送ると、連日ひとりで外出するようになったらしいんだ」

与力の奥方が出かけるときは、必ず下男か女中を伴う。ひとりで町に出るというのはただ事ではなかった。だが、義姉のゆりは雨が降ろうが風が吹こうが、奉公人を振り切って出かけて行き、判で押したように夫と息子の帰宅にさし障《さわ》りのない時刻に戻る。どこで何をしているかの話は一切しない。

兄がゆりの異変を知ったのは、思いあぐねた下男が耳に入れたからだった。

「それで義姉がどこで何をしているのか調べてほしいと頼まれちまった」

「お兄様がご自分でお聞きになれば簡単なのに。夫婦なんですから」

「そんな細々《こまごま》としたことは口にできぬの一点張りだ。外聞《がいぶん》が悪くて雇い人にも頼めんという」

侍とは不自由なものなのだと、真二郎はため息をついた。

「それで……引き受けられたんですね」

「まあな。だが見つけたんだよ、義姉を偶然……」

「………」

「関寿の弔いの日、急に雨が降り出して香玉寺に駆け込んだだろう。お吉が本堂の扉を開いたとき……扉のすぐ奥に座っている義姉《あね》の横顔が見えた」

「えっ、お義姉さん、香玉寺にいらしてたんですか。妙恵さんのあのお寺に?」

真二郎はうなずく。あの日、真二郎は本堂に入らなかった。吉が妙恵との話を終えたときには、もう真二郎はいなかった。

「だから本堂に入らず、帰ったんですね……」

「いきなり、義姉と顔を合わせるわけにもいかねえからな……。兄にいうと……しばらくは知らん顔をしてくれといわれた」

「ってことは……明日も香玉寺に、真二郎さんは来ない？」

「すまん……」

吉ははぁ～っとため息をついた。

「そういうことならしょうがありません。わたしひとりでまいります」

「そこでだ。すまねえが、寺通いをしている義姉の気持ちを探ってくれないか」

吉はそういった真二郎をびっくりした顔で見つめた。真二郎は吉を拝むように右手を前に出す。そして、義姉・ゆりは中肉中背《ちゅうにくちゅうぜい》の細面《ほそおもて》、ややつり目で鼻は高からず低からずなどと話しはじめた。

「要するにきつね顔だ。その上、年柄年中仏頂面《ぶっちょうづら》だ。口数は少ない。すぐわかる。兄とだってぼそぼそ話すくらいで、笑い顔なんて近ごろとんと見たことがない。おれの母親から喧嘩《けんか》をふっかけられると、だんまりを決め込んで、完全無視する。息子にはちっちゃいころから勉強しろ、人に負けるなとさんざっぱら叱咤《しった》激励《げきれい》していたけどな」

「でも、お弔いに行くといったら、黒羽織を真二郎さんにくださったんですよね。親切なところもあるんじゃないですか」

「ああ、あれには驚いた。んなことをしてもらったのははじめてだ……とにかくよろしく頼む。一見おとなしそうだが、情はこわいから気をつけろ」

上田には、香玉寺のことを聞いておくといって、真二郎は海賊橋を渡っていった。

三

出がけに、隣から咲と里の言い争いが聞こえた。実の母娘《おやこ》と間違われるほど仲がよく、諍《いさか》いごとなど無縁なふたりなのに、どうしたのだろうと気になったが、いくら親しいとはいえ、壁越しに声が聞こえたからと、しゃしゃり出ていくのもはばかられた。

馬琴は昨日顔を出さなかったことを根に持って、不機嫌さを隠そうともしなかった。

「もたもたしやがって」

「ばたばた動くな」

「水をこぼすんじゃねえ」

馬琴は人をいやな気持ちにさせることにかけては天下一品、金印《きんじるし》の口の悪さだと、吉はうんざりしつつも、黙って金糸雀の世話を手伝った。

お茶をする頃になって、ようやく馬琴の機嫌が直った。

「……ずいぶんちっせぇ菓子だな」

内藤新宿の若松という菓子匠のものだというと、馬琴は草餅と金鍔を立て続けに口に入れて、ふんと鼻を鳴らす。

「まさかこんな菓子を買うために内藤新宿くんだりまで行ったんじゃねえだろうな」

せっかく土産を買ってきてもこれが馬琴である。

「宝泉寺の月輪さんの父親が菓子職人をしていたようなんです。内藤新宿で」

「それがどうした」

確かにそれがどうした、かもしれない。吉は気を取り直して続ける。

「月輪さんは両親が早くに亡くなったので、寺に預けられ、仏の道に入ったそうなんですよ。それで、真二郎さんが、じゃあ内藤新宿まで行ってみるって。おかげで、この若松ってお菓子屋でお父さんらしき人が働いていたってことがわかったんですけど」

馬琴はお茶をごくっと飲み干す。

「そんなこと、月輪に聞けばすぐにわかるんじゃねえのか。……真二郎は月輪があやしいとにらんでるのか。宝泉寺では、次々に信者が死んでやがる。あきらかに変だ」

「月輪さんはそんな人じゃ……」

「お吉！　月輪がえらっそうなことをいう坊主で、菓子職人の息子だからって、いいやつだなんて決め込んでるんじゃねえのか」

ぐうの音《ね》も出ない。

「おめえ、読売に、宝泉寺は往生ころりの願いが叶うお寺でござる、みてぇなくっだんねえまとめ方したら、即刻出入り禁止だからな。以上」

ぐさっと胸に突き刺さるようなことをいうと、ばしんと音立ててふすまを閉め、馬琴は奥に姿を消した。

香玉寺には今日も女たちが集まっていた。境内をほうきで掃く者、かまどの前に座り、火の具合を見ている者、たくあんを井戸端で洗う者……みな、てきぱきと立ち働いている。妙恵も墨染《すみぞ》めに襷をかけて、せっせと井戸水をくんでいた。

境内の前で中をうかがっている吉を見つけると、妙恵は手を休め駆け寄ってきた。

「まあ、お吉さん……今日はお仕事でいらっしゃったんですね。……せっかくですが、読売に載るのは遠慮させていただきますよ」

妙恵はいきなりいった。吉は読売の「よ」さえ口にしていない。

「あの……」

「私たちは、誰のためでもなく自分のためにやっているんです」

「でも……」

「困った方々を助けているように見えて、私たち自身も助けられ救われているんです。互いに支え合い、生かし合う、それが布施《ふせ》なんです。ですから、持ち上げられるのはむしろ迷惑で……ごめんなさいね、こんなことといって」

妙恵がたたみかけるように続ける。

「もちろんお吉さんの記事を読んで、自分も何かしたいと考える人が増えるかもしれません。けれど、そういう人はいつか気づいてくださいます。いやもう気づいているかもしれません。……そうですね、読売に載ればお布施も増えるかもしれませんね。それはそれでありがたいことですけれど、今でも十分に頂戴しておりまして、これ以上は望んではおりませんの。私たちの願いは身の丈《たけ》のことを、静かに続けていくこと……だいいち、誰かが誰かの役に立っているなんて記事、おもしろくもなんともありませんよ」

妙恵の言葉をぽかんと聞いていた吉が、ごくっとつばを飲み込み、ようやく言葉をひねり出す。

「あの……妙恵さんは私の胸の内が……見えるんですか」

妙恵は目を見開き、まばたきを繰り返す。

「まさか」

「でも……」

「見えるわけがありませんよ、人の心の中なんて」

妙恵はじっと吉の目をのぞき込むと、「そういうことで」と女たちの中に帰っていく。

吉は呆然と立ちすくんだ。妙恵は人の心なんて見えないといったが、吉の心に浮かんだ言葉や疑問に順番に答えた。とても吉の気のせいだとは思えない。

それにしてもこのまま風香堂に帰って、光太郎に妙恵の言葉を伝えるだけでいいのだろうか。あの光太郎が納得してくれるとは思えない。

吉は襷をかけると妙恵に近寄った。

「少しご一緒させてくださいませんか。みなさまの足を引っ張らないようにいたしますので」

妙恵は振り向き、まぶしそうに目を細めて、うなずく。

「そういうことなら……」

「ご飯、炊けましたよ。お手すきの人はおにぎりを握ってください」

かまど番の女が声をあげる。その傍《かたわ》らで、炊きたてのご飯はおひつに移され、台の上に運ばれた。すぐさま手水《てみず》をした女たちがおにぎりを握りだした。

吉は井戸端で手を洗い、おにぎりを作っている一団の中に入った。炊きたてのご飯は熱く、手が真っ赤《まっか》になった。

今日の行き先は本松町《ほんまっちょう》の長屋だった。

吉は洗濯の手伝いをした。腰巻き、手ぬぐい、下帯、肌着……何度も水にさらした布は薄く柔らかかったが、冬の水の冷たさに手がしびれてくる。洗い終えればぴんと伸ばして竿《さお》に干す。寒風に頼りなげにひらひらと舞う洗濯物を見ながら、吉の胸にきざしたのは満足感というより、うすら寂しさだった。

毎日まじめに働いて、わずかな稼《かせ》ぎで子どもを育て、一人前にしても、それで安泰とはならない。病を得て、寝つくこともある。生き抜いても、こうしてひとり残され、人の力が必要になる。

だから、人は人を求めるのだろうか。誰かと寄り添いたいと思うのだろうか。

次の長屋に向かうという妙恵たちを見送り、吉は風香堂への帰途についた。ここで帰る女たちも多く、吉は女たちと並んで歩いた。

「風が冷たいですね。今日がはじめてですか」

声をかけてきたのは、武家の女だった。顔を見て吉ははっとした。目が細くやつり目の、見事なきつね顔だ。真二郎の義姉のゆりに違いなかった。

「はい。……そちらさまはもう長いこと、香玉寺にいらしているんですか」

「あたいは三月《みつき》。おゆりさんはもう半年になるんでしょ」

丸顔の、こちらは狸《たぬき》顔の女が答える。ゆりは微笑んでうなずく。

「でもいつまで続けられるか……うちの者がうすうす気づきはじめちゃって。わかったら家に閉じ込められるかもしれない……」

「あらぁ、そうなの。お武家だからいろいろあるもんねぇ」

「おたかさんがうらやましい」

「何いってんの。与力の奥方なんて、江戸の女の憧れじゃないか」

「そんなことありませんって」

ゆりは娘のように肩をすくめ、それじゃあと江戸橋を渡っていく。たかは魚河岸市場で買い物をしてから瀬戸物町の家に帰るという。

「あたしも、市場で夜のお菜《さい》を見つくろうかな」

吉がそういうと、たかは身を乗り出す。

「干物好き？　安くて美味しい干物屋さん、教えてあげる」

「お願い！」

たかの夫は簪《かんざし》職人だという。娘は嫁に行き、息子ふたりはそれぞれ質屋と醤油問屋に奉公している。

「じゃあもうなんの心配もいらないんですね」

「やっとね。ずっとこの日を待ってたのに、いざそうなったら、ぽかっと胸に穴があいたみたいに何にもする気がなくなっちまって。そんなときに、妙恵さんと出会ったんだよ。よかったら手伝ってもらえませんかって誘われてね。おゆりさんもそうらしいよ」

「そうだったんですか。あたしには子どもも亭主もいないけど、弟と妹を育てたから、その気持ち、ちょっとわかるような気がします。子育ては大仕事だもの」

「あんた、親は？」

「あたしが十二の時に火事で死んじまって」

「それで弟と妹を？　十二のときから⁉」

「ええ。幸いおとっつぁんがつとめていた菓子屋に奉公させてもらって、なんとか……でも、弟が奉公に出て、妹が所帯《しょたい》を持ったとき、あたしの役目は終わったって、気力が切れかかったことがあって……」

「わかるよ。お役目ごめんみたいな気持ちになるよね……あんたもがんばったんだね」

「助けてくれる人がいてくれたから。ところでおたかさんは町人で、おゆりさんは与力の奥方だってのに、すごく仲がいいんですね」

「仲間だからね……おゆりさんもあれで苦労はしてんのよ」

ゆりの親も与力で、十七で祝言をあげ、十八で跡継ぎを産んだと、たかは語りはじめた。

「それがとんでもない難産だったみたいでさ。子どもはもう無理だって産婆《さんば》さんにいわれたんだって。ずいぶん肩身の狭い思いをしたらしいよ」

「子どもがなくて養子をもらう人だっているのに、まして跡継ぎがいるのにそんな……」

「親類や知り合いが、さんざん心ないことをいったらしいよ。舅《しゅうと》が特にひどくってさ。姑が亡くなると、舅はよそにこしらえた息子と母親をさっさと引き取ったんだって」

真二郎と母のことだ。吉は思わずことばを飲み込んだ。たかは続ける。

「引き取るって意味、わかる？　おゆりさんの息子に何かあったときにその義理の弟が家を継ぐってこと。お家が大事っていっても、母親としちゃきついよねえ。それでもみんながとりあえず仲がよさげならまだいいよ。舅は自分が引き取るって決めたくせに、あからさまにそのふたりにつらくあたって……嫁は舅に従うしかないけど、息がつまるような毎日だったって」

「……たまりませんね」

「でしょ。でも少し前に義理の弟が家を出て、今年から息子は与力見習いで出仕するようになり、舅も病がちになってガクンとおとなしくなって、ずいぶんほっとしたらしいんだ」

「……ご苦労なさったんですね」

「おゆりさん、やっと肩の荷がおりて、自分がからっぽになったみたいって、からから笑ってた」

「笑うんですか、あの人」

「笑う笑う。笑い上戸《じょうご》で、つぼに入ると、笑いがとまらなくなっちゃうの」

真二郎から聞いたゆりと同じ人物とは思えない。ほんとの人の気持ちなんて、傍目《はため》には、わからないものなのかもしれない。

たかが連れて行ってくれた干物屋で、吉も鯵《あじ》の干物を求めた。ふっくら丸みを帯びていて、肉厚な上吉《じょうきち》の干物だ。

たかと別れ、日本橋を渡りながら、吉は空を見上げた。真二郎の実家の人間は真二郎をいじめる人ばかりだと勝手に思い込んでいた。だから、兄夫婦と打ちとけはじめている真二郎のことをもどかしく思ったりもした。でも事はそう単純ではなかった。そういう家がいやで、笑顔を封印し、仏頂面のお面をかぶり続けてきた女もすぐそばにいたのだ。

風香堂には光太郎が待っていた。絹が奥で原稿を書いている。

妙恵が掲載を遠慮したいといった話を伝えると、光太郎は案《あん》の定《じょう》、眉をつりあげた。

「書いてくれ、書くのは勘弁しちくれ。んなこと、いちいち聞いていたら、読売なんてもんは成り立たねえ。誰からなんといわれようと書け！　載せる載せないはその後だ」

「……でも旦那さん、どう考えても、売れそうにないって気がするんです」

吉はおそるおそるいった。光太郎は「なんだとぉ」と目をむく。吉は首をすくめた。

「いってみろ、理由を」

吉は心の中で南無三《なむさん》と唱えた。

「……尼さん、女たちが集まってる、人助けをしている……材料は三つそろっていますが、地味じゃありませんか？　ありがたいことではあっても、物見高い江戸っ子がわくわくするような話じゃないと思うんです。……すごく美人の尼さん、男たちが集まってる、泥棒の頭領だった、みたいなことだったら受けると思うんですけど」

光太郎はぱしんと膝を叩いた。

「でかした、お吉。その線だ！　いいじゃねえか、美人、男、大泥棒、ぐっとくるねぇ」

「そうじゃなくて……」

吉があわてて首を横にふる。光太郎は一瞬にして笑みを消し、真顔になった。

「……その尼に何かあると思わねえか、そんだけ人が動くってなぁ。それに施《ほどこ》しをするのに金がかかる。いってぇ、どっからその金が出てんだ？　言い訳こわけはなしだ。その寺に食らいつけ。根性の見せどころだ。これであたる記事を仕上げられたら、見習いの看板をはずしてやらあ」

それっきり光太郎は階段を下りて行ってしまった。吉は頭を抱えた。

「どうしよう……」

妙恵の顔が頭に浮かぶ。確かに妙恵はただ者ではない。人の心を見透かしているとしか思えないところがある。それもまた法力《ほうりき》なのだろうか。

金の出所も光太郎の言う通りだ。一日に何升《しょう》、米を炊いているのだろう。寺に集《つど》う女たちからの寄進《きしん》だけでまかなわれているとは考えられない。

けれど、あれほどきっぱり妙恵に断られて、どうやって聞き取りを続ければいいのだろう。

こんなときこそ、真二郎と話をしたかった。

「真二郎さんなら、おすみと出かけましたよ」

吉が尋《たず》ねると、絹はさらっと答えた。

よけいなことをいわない絹がありがたかった。すみだったら、妙恵のことでひとことふたこと嫌みをいうに違いなかった。

それにしても、よりによってこんな日に真二郎はすみとどこに行ったのか。真二郎にゆりのことも伝えたかった。

しばらく待ったがふたりは帰ってこない。

吉はため息をつくと、仕事を仕舞いにして風香堂を出た。


長屋の家々からは団らんの声が漏れていた。

「お咲さん、晩飯は済んだ？」

吉は湯屋から帰ると声をかけた。がらりと油《あぶら》障子《しょうじ》が開き、咲が顔を出す。

「まだだよ。小松菜《こまつな》と厚揚げを炊いたのがあるけど、持ってく？」

「わっ、嬉しい。鯵の開きを買ってきたんだ。ちょっと待ってくれれば、焼きたてを持って行くよ」

「そりゃごちそうだ。火は持って行って」

咲にもらった火を七輪の炭にうつし、網をじっくり熱した。干物は四枚。朝の喧騒が気になって咲一家の分も求めてきていた。まず三枚を身の方から焼き、皮がめくれるとひっくり返した。じわじわと脂《あぶら》がにじみ出てくる。たつが胸を張るだけあって、脂がたっぷりのった鯵だ。

咲に焼き上がった干物を載せた皿を渡すと、かわりに小松菜と厚揚げをあっさり炊いたものと、大根おろしがこんもり盛られた小皿が返ってきた。

朝の残りのご飯をおにぎりにして、火で軽くあぶり、自分の鯵を最後に焼く。焼き上がった鯵に箸《はし》を入れると身がそくっとほぐれた。外はさっくり、中はしっとり、舌がやけるほど熱くて、うまみたっぷりだ。

子どもの泣き声も、夫婦喧嘩の声も聞こえない静かな夜だった。煙窓から冴え冴えとした月の光がさしこんでいる。吉は布団を首まで持ち上げた。晴れた日の翌日は寒くなる。明朝は氷が張りそうだった。

その四　数珠《じゅず》と護摩木《ごまぎ》

一

　朝、咲の声が壁越しに聞こえた。

「ばあちゃん、ここにいとくれよ……」

　もそもそ里が答えているが、何をいっているかまでは聞き取れない。

「……行くなって」

「……いやなんだよ。年柄年中、抹香《まっこう》臭いことばっかりいってるばあちゃんが」

「……いいんだって、面倒なんかかけたって」

　どんどん咲の声がとんがっていく。やがて里が出て行ったらしく、咲が油障《あぶらしょう》子《じ》をぴしゃっと閉める音が聞こえた。

咲と里は嫁姑《よめしゅうとめ》でありながら、実の母娘《おやこ》、いやそれ以上の仲の良さだ。ふたりとも世話好きで働き者で、よく食べよく笑うところがそっくりだった。咲の亭主で、里の息子の鉄造は、朝早くからお得意様の家を回る。客の庭先などを借りて頼まれた包丁を研ぎ、夕方に戻ってくる。鉄造が仕事に出ている間に、呉服屋から頼まれた仕立て仕事をやるというのが、ふたりの長年の日常だった。

しかし、この夏、珍しく里は寝付いた。米に実が入らないほどの暑い夏だった。「丈夫《じょうぶ》が取《と》り柄《え》」が口癖《くちぐせ》の里も、これにはこたえたらしい。涼しい風が吹きはじめて里は調子を取り戻したが、寒さが厳しくなると、風邪をひき、再び床から起き上がれない日が続いた。以来、「もう年だ」と愚痴《ぐち》めいたことを口にするようになった。

それでも先日まではふたり並んで仕立て仕事をしていた。今の時期、正月の晴れ着や藪入《やぶい》りに大店《おおだな》の主《あるじ》が奉公人に渡す新しいお仕着せの注文が相次ぎ、お針子《はりこ》は一年でいちばん忙しい。

それなのに里は仕事も放り出していったいどこに出かけて行くのだろう。吉の胸がざわめいた。

外に出ると灰色の雲が重く立ちこめていた。

馬琴は金糸雀《カナリア》の部屋に大きな火鉢をふたつも持ち込んでいた。ちんちんと鳴る鉄瓶《てつびん》からは、白い湯気が絶え間なく上がっている。長屋の子どもたちは火の気のないところで青っぱなをたらしているのに、この金糸雀の待遇《たいぐう》は破格《はかく》である。

障子をたてるのがちょっとでも遅れると、馬琴はやれ「金糸雀が風邪をひく」やれ「炭代がもったいない」と大声をあげるのには閉口《へいこう》したが、やはり金糸雀のきれいな声は心を和《なご》ませる。

金糸雀の世話が終わり、やっとこたつに入ると、馬琴は一枚の花鳥画を取り出した。芍薬《しゃくやく》と戯《たわむ》れる金糸雀を描いたものだが、金糸雀は馬琴の家の一羽を模《も》したものだという。

「うちの金糸雀だ」

「見事な……どなたが描かれたんですか」

「北斎《ほくさい》だ」

「じゃ、北斎先生がこちらにいらしたんですか」

葛飾《かつしか》北斎はかつて馬琴の家に転がり込んでいたことがあり、『椿説弓張月《ちんせつゆみはりづき》』や『新編水滸画伝《しんぺんすいこがでん》』などの馬琴の小説の挿絵《さしえ》も手がけていた。

ふたりとも凝《こ》り性《しょう》でこだわりが強く、傲岸不遜《ごうがんふそん》なところもあるために、仕事での衝突は数限りなかったらしい。同居など続くはずもなかった。今も面と向かえば悪口雑言《あっこうぞうごん》はおさまらないが、互いの画力、筆力は認め合っている。

「あぁ。二月《ふたつき》ほど前だったか、突然やってきて、金糸雀を見しちくれ、とこうだ。愛想《あいそ》もなければ手土産《てみやげ》もなし」

ずかずかと座敷に上がり、こたつに首まで入り、寝っ転がったまま、金糸雀をじっと見続けたと思いきや、ぱたっと立ち上がり、礼もいわずに帰ろうとしたらしい。

「帰り際、いきなり、おめぇ、なんぼになったと聞きやがった」

藪《やぶ》から棒《ぼう》に何だと、馬琴が息巻くと、「おれは百十まで生きることにした」といってぎらりと目をむいたという。

「仙人になるつもりか」と馬琴が茶々《ちゃちゃ》を入れると、「おれの絵はこれからなんだ。八十六までどんどん描いて、九十で奥意《おくい》を極《きわ》める。百一になったら人智《じんち》を超え、百十で、生きるがごとく描く」といい切った。

さすがの馬琴もあっけにとられたらしい。

「いうのはただだといっても、あれほどいけずうずうしく居直るとはな」

思い出すだけでも腹立たしいとばかり、馬琴はぎりっと奥歯を嚙《か》んだ。

「まぁがんばっちくれと、あいつの好きな大福《だいふく》をくれてやった」

北斎は大福に目がなく、一度に五個でも六個でもたいらげてしまう。大福をもらい、ほくほく顔になった北斎は「おめえも長生きしろ。憎まれっ子、世にはばかるってぇいうし」と返し、帰って行った。そして昨日、この絵が届いたと馬琴は鼻をふんと鳴らした。


風香堂の前では読売《よみうり》売りのまわりを今日も人が取り巻いていた。

——正月も、もうまもなく。正月になったら若水《わかみず》飲んで、餅《もち》を食べて、新しい着物を着て、凧《たこ》あげて……だがその前に師走《しわす》ってぇやつがある。懐《ふところ》具合はでぇじょうぶか？

不景気でも、いつのまにかちゃくちゃくとたまっちまうのが支払いってぇやつだ。

酒屋からも米屋からも、つけの取り立てがやっちくる。

それを思うだけで、心細ぉく、うすら寒くなっていねえか。

こんなときこそ、富札《とみふだ》の出番だ。突き止めの当たり一番札になりてぇよな。

湯島天神の突き止めの当たり札なら、貧乏人も一夜にしてお大尽《だいじん》だ。どぶくさい長屋から庭付きのしもた屋に引っ越し、娘とかみさんにはこぎれいな着物を買ってやり、息子にはでっけえ凧を買ってやれる。初一番錐《きり》の札《ふだ》だって借金を返してもおつりがくらぁ。持ってけ泥棒《どろぼう》、家族みんなで真っ白な餅を腹一杯食っちゃってくれ。

何？　当たった奴がひとりもいねえって？

確かに。おれのまわりも貧乏風に吹かれてる、しけた奴らばっかだ。

でも世の中にはいるんだよ。

湯島天神の突き止めの当たり一番札富くじの一等に二度、初一番錐の札にも一度当たったってゆう強者《つわもの》が。

突き止めの当たり一番札は六百両、初一番錐の札は百五十両。しめて千三百五十両！　どうだ！

そこのにいさん。いいよなぁ、夢だよなぁとよだれを垂らしてるだけでいいのか？

次に当たるのは、おめえさんたちだ。

だが、あたり前に富札を買うだけじゃぁ当たらねえんだな。

当たり札を手に入れるにはコツがある。

どうすれば当たる富札を手に入れられるのか？　買った富札を富突きの日まで

どこにおけばいいのか。

この読売にみんな書いてある。

読売を読んで、余裕があるお方は富札を、そうでないお方は半割り札や四割り

札を買いに走ってくれ！——

老若男女《ろうにやくなんによ》がわっと読売売りに群《むら》がった。

風香堂の二階に上がると、真二郎がいた。絹とすみは出かけたという。

「妙恵に掲載を断られたって聞いたぜ」

「そうなんですよ」

「やっけえなことになったな。断られたからっておいそれと引き下がらねえの

が、光太郎さんの風香堂だ」

「旦那さんはもっと調べてみろっていうけど……」

「やるしかねえだろ」

「ええ。……でも……旦那さんにも申し上げたんですけど、このままだと香玉寺

はもちろん……宝泉寺だって、たいしておもしろい記事になると思えなくて

「……」

真二郎が腕を組む。

「ひねりがねえんだよなぁ……とにかく香玉寺のほうは、金の出どころを調べてみるか」

吉はうなずき、ゆりのことを切りだした。

たかから聞いたことを真二郎に伝える。

ふたりめの子どもを授からなかったことをまわりに責められ、ゆりは心を痛めていた。そのために一層、ひとり息子を一人前にすることに心を尽くし、今年、与力見習いに出仕するようになり心底ほっとしたこと。舅が家の存続のために真二郎と母親を引き取ったものの、団らんにはほど遠い家族関係に居心地の悪さを感じていたこと……。

「驚いたな……一日でそこまでよく調べたな」

真二郎は盆《ぼん》の窪《くぼ》に手をやった。

「……ゆりさんは、香玉寺に通っていることを家の人に不審がられていることにも気づいているようでした。家の人に止められたらもう来られなくなるかもしれないって……でも真二郎さん、ゆりさん、香玉寺ではよく笑っておられたんですよ」

「笑って⁉」

「ええ。けらけら声を出して……香玉寺では笑い上戸《じょうご》だって評判みたいでした」

吉がつぶやくと、真二郎は信じられないというように顔を横にふった。

女は子どもの頃は親に、嫁に行ってからは夫に、老いては子どもに従い、この世界のどこにも身を落ち着ける場所がない「女三界《さんがい》に家なし」という言葉がある。吉はゆりの話を聞いて、この言葉を思い出したのだが、さすがに口に出すのはためらわれた。

吉にも真二郎に聞いてみたいことがあった。すみのことである。

「あの～昨日、おすみさんとどちらに？」

「ああ、神田明神に行ってきた。夏におれが読売に『深山妖怪古寺案内《しんざんようかいこじあんない》』を描いたことがあっただろ。おすみはそいつを探してきて、神田明神をこんな風に描きたいがどうすればいいのか、聞いてきたんだ」

『深山妖怪古寺案内』で取りあげたのは成田山《なりたさん》の近くにある廃寺だ。大入道《おおにゅうどう》、ろくろ首、小豆《あずき》洗い、一つ目小僧……妖怪図鑑もかくやというほど、数多くの妖怪がすみついている化け物寺で、粋《いき》がりたがる若者たちがわざわざ江戸から廃寺に肝試しで押し寄せる。

普通なら、奇っ怪な姿の妖怪にあわてふためく若者を描写して済ませるところだが、真二郎はそれに加え、寺を上から見たような境内図を付けた。台所に出るかまどやすりこぎの妖怪、風呂場に出る垢なめ妖怪という具合に、妖怪と場所の関係がわかるように描き、寺のどこを歩いたら何に出くわすかを絵で見せたのだ。そのために真二郎も成田まで足を運んだという力の入れようだった。

すみは神田明神で、御利益《ごりやく》を得るために、どういう順番で、何に気をつけて回ればいいか、境内図で説明したいといったという。

「おすみがそんなことというなんて、これまでなかったことじゃねえか。それで、どう絵にすればいいのかを考えさせながら、一緒に神田明神を回ったんだ。お吉が辛抱《しんぼう》強く面倒見ているから、おすみもやっとやる気が出てきたんじゃねえのか」

「だといいですけど……」

すみがようやくその気になったのは喜ばしいことだが、すぐに真二郎に頼るなんて調子が良すぎるし、すみをほめる真二郎もおもしろくない。

「人に頼らず、自分で考えるように真二郎さんからもいってくださいね」

その声にすみの声が重なった。

「あらやだ。お吉さんがやれというからこれまでの読売を調べて、売れっ子絵描きの真二郎さんに相談したのに。人に頼ろうとするなんていわれちゃって」

振り向くと、すみが階段を上がってきたところだった。意味ありげに吉を見つめる。

「……お吉さん、焼いてるんですか」

「まさか……そんなこと」

「あたしが真二郎さんと出かけたからって」

「おすみ。口を慎《つつし》め」

真二郎が渋い顔になる。

だが、すみはけろりと笑った。

「真二郎さん、懲りずに、七福神《しちふくじん》巡りも付き合ってくださいね。やっぱり、絵描きは絵描き同士。真二郎さんとご一緒させていただくと、他の人と百遍《ひゃっぺん》行くよか勉強になるんです。どうぞよろしくお願い申し上げます」

小さな体をかわいらしく縮める。他の人とは吉のことだ。すみは吉をいらつかせるツボを心得ている。

真二郎はすみには答えず、ふうと息をつくと吉を見た。

「とりあえず、香玉寺の金の出どころを探ってみるか。おれは同じ宗派の寺をあたってみる。なんか出てくるだろう。そっちは?」

「七福神巡りの店の目録《もくろく》の中に香玉寺近くの店もあるので、その聞き取りをかねて、香玉寺の評判を調べてみます」

真二郎はうなずいた。

「夕方、ここですり合わせよう」

真二郎は首に襟《えり》巻《ま》きをすると、出ていった。吉もすぐに香玉寺に向かう。階段を降りるとき、すみの鼻歌が聞こえた。わざとやっているのがみえみえだ。

「やかましいっ。朝っぱらから下手《へた》くそな歌をうなるんじゃねえ」

一階の清一郎の怒鳴《どな》り声が、今日ばかりはいやではなかった。

まず訪ねたのは照降町と接している小船町の醬油《しょうゆ》屋「下総屋《しもうさや》」だった。民の目録によると、極上醬油を扱っている店で、客の要望に応じて好みの醬油も作ってくれるという。

「いらっしゃいまし」

店に足を踏み入れると、前掛けをかけた小僧がいそいそと近づいてきた。

醤油の匂いがたちこめている店内には、八升樽《はっしょうだる》がずらりと並んでいた。それぞれ「一年仕込み」「二年仕込み」「三年仕込み」など貼り紙がされている。

「仕込みの長さで、味が違うんですよね」

「へえ。味だけでなく香りも色も違います。一年仕込みは淡《あわ》い色で、醤油らしい香りがいたします。二年仕込みは、色はいかにも醤油らしく、大豆の旨《うま》みならこちらです。三年仕込みとなりますと、ゆっくり熟成させているので、柔らかな口あたりとこくを味わっていただけます」

小僧は十二、三歳といったところだろう。

自分は風香堂の者で主と話がしたいと、取り次ぎを頼むと、驚いた顔で、吉を見上げた。

「読売を姉さんが書いてんの？　七福神巡りの冊子《さっし》？　へぇ〜、そこらのおかみさんかとばっかり思った……」

主はまだ三十過ぎの若さだった。三代目だという。

「うちの醤油は野田《のだ》の高梨《たかなし》のものだけでして」

主はそういって醤油醸造家を相撲番付《すもうばんづけ》に見立てた「醤油番付」を取り出した。野田の高梨兵左衛門《へいざえもん》は見事大関《おおぜき》である。どの醤油も一合から量《はか》り売りをし、お好み、用途に応じて配合もするという。

「たとえば、鰻《うなぎ》には二年仕込みを多めにし、天ぷらには一年仕込みと二年仕込みを中心に、そばには二年仕込みと三年仕込みを混ぜるという具合で」

数ある名店にそれぞれの配合の醤油も納めていると、主は胸を張る。冊子への掲載を頼み、帰り際に吉は小僧をもう一度つかまえた。小声で尋《たず》ねる。

「ねえ、香玉寺の人も買いに来てる?」

「たま～にね。あっこは炊《た》き出しやってっけど、お菜《さい》は作らねえから。醤油は自家用だけなんだな」

お客じゃないとわかった途端《とたん》、小僧の口調《くちょう》は気安いものに変わっている。

「お寺を開いてからまだ間がないのよね。……炊き出しはどのくらい前からやってたのかな?」

「半年くらいかな」

「じゃあ、それまでは普通のお寺だったわけだ」

小僧が不審げに吉を見上げた。吉はあわてて付け加える。

「いや、たいしたお寺だなって思って。人助けをするなんて。見上げたもんじゃない。お金もかかるだろうに」

小僧が吉を手招きする。吉がしゃがみこむと、小僧は吉の耳に手をあてた。

「あの尼さん、けっこう、お布施《ふせ》を集めてるらしいよ」

「…………」

いきなり、大当たりがきた。吉の目玉が大きくなったのを見て、小僧は得意げに続ける。

「大店の女房や娘さんが寺に通ってるんだよ」

「炊き出しの手伝いに？」

「違う違う、相談事に。見合い話とかさ、亭主の浮気とかさ……どの相手がいいとか、どうすればいいとかいってもらえるらしいよ」

「よく知っているのね、小僧さん、すごいね」

「まあ、ここで商売してっから、人の噂話《うわさ》はちゃんとおさえておかねえとな。……隣の味噌《みそ》屋の銀助《ぎんすけ》からの受け売りだけどね」

「しっかりしてるわ。奉公人の鑑《かがみ》だ」

吉は小僧を盛大にほめてお礼をいうと店を出た。

次は当然、味噌屋「赤兵衛《あかべえ》」である。赤兵衛も幸い、民の目録に入っている店だった。

「味噌買う家には蔵が立たぬ」という諺《ことわざ》もあるように、味噌は自家製が当たり前だったが、江戸にはひとり暮らしの者も多く、味噌樽《だる》をおく余裕もない狭い家も多い。そうした江戸っ子たちが憧《あこが》れる味噌屋が、赤兵衛だ。

赤兵衛の味噌は、濃い赤褐色《せきかっしょく》をしており、薫《かお》り高く、それでいてさっぱりした味で知られている。煮物や魚の煮付けなどに一匙《ひとさじ》最後に加えるだけでこくが出るという味噌や麦味噌、八丁《はっちょう》味噌など各地の味噌も取りそろえている。

銀助という名の小僧は、醬油屋の小僧とおっつかっつの年頃でくりっとした目がはしっこい。主への取り次ぎを頼み、七福神巡りの冊子の説明をし終えると、吉はまた銀助をつかまえた。

「銀助さんは町の事情通だそうね」

「それほどでもないっすよ」

まんざらでもなさそうに銀助はふふっと笑う。

「香玉寺の人たちはこちらに味噌を買いに来ます？」

銀助は手を横にふった。

「何度かは。でもここしばらくはいらっしゃいやせん。今はご自分のところで作られているんじゃねえでしょうか」

「ちょいと耳にしたんですけど、あそこの尼さん、相談事にものってくださるんですって？」

銀助はきょろりと目を動かした。

「姉さん、心配事があるんですかい？」

「……ええ、まあ」

「今は夕方からしかやってねえから、すぐにはどうかなぁ。何日か待たねえと順番が来ねえかも。炊き出しとかはじめる前は丸一日やってたんだけどね」

「親身になってくれるんでしょ」

銀助はこくんとうなずく。

「人相見《にんそうみ》だから……いいにくいこともいうけど、とにかく当たるってたいそうな評判で」

妙恵が人相見だと知って、目からうろこが落ちる思いがした。

風香堂に戻り、吉はこれまで聞き取りをした店のまとめにとりかかった。真二郎をはじめ、すみも絹も帰っていない。光太郎も不在だった。

一段落《いちだんらく》すると、自分のためだけにお茶を淹《い》れた。春松屋のほうじ茶は甘く香ばしく、何度飲んでも口飽きがしない。

春松屋の隠居は今日も、宝泉寺に行ったのだろうか。日本橋に店を構え、家族に恵まれ、今は商売を跡取りの息子に渡し、体も元気で、落語を習う余裕もあり、いつも上等な紬《つむぎ》の着物をぱりっと着て……何不自由ない暮らしを送っている。傍目《はため》には、往生ころりを望む理由などどこにも見あたらない。

隠居と同じ年頃の北斎は百十歳まで生きることに決めたというし、馬琴だって口にせずとも、世にはばかろうと企《たくら》んでいる。

この違いはどこから生まれるのだろう。

妙恵の顔も浮かんだ。きりっとした眉《まゆ》と大きな目が凛《りん》として強く美しく、その目でのぞき込まれると、見えないものまで見られているような気がした。人相見だというがそれ以上ではなかろうか。

真二郎の義姉のゆりのことや咲と里の言い争いも気になる。

ゆりは、香玉寺で今日も立ち働いただろうか。たかたちと顔を見合わせて笑って過ごし、みんなと別れて江戸橋を渡るなりまた仏頂面《ぶっちょうづら》に戻ってしまっただろうか。咲と里は仲直りをしただろうか。関寿を失ったひろはどうしているのか。

次々に思いが浮かんで、脳裏《のうり》にへばりついて離れない。

人のことはわからないと心の中でつぶやき、長く息をはいたとき、真二郎が戻ってきた。

「ため息をつくと、運が逃げるっていうぜ」

いたずらが見つかった子どものように吉は首をすくめ、三つ指をつく。

「お帰りなさい」

すぐにも妙恵のことを切りだそうとした吉を真二郎は遮《さえぎ》った。

「今日は付き合っちゃくれねえか。八丁堀のもへじ、知ってるか」

吉の胸がどきっと鳴った。もへじは八丁堀の提灯《ちょうちん》かけ横丁《よこちょう》にある居酒店だ。吉はただ一度、暖簾《のれん》をくぐったことがある。松緑苑の菓子職人だった長次《ちょうじ》に誘われたときだった。

付文《つけぶみ》をもらい、親しく話をするようになり、大川《おおかわ》の花火や祭りに行くようになった長次と夫婦《めおと》になるとばかり思っていたころだ。だが、長次は飴《あめ》屋の家付き娘に見初《みそ》められると、あっさり吉を捨てた。飴屋の娘は吉よりも六つも若かった。

長次は今は飴屋の若旦那《わかだんな》と呼ばれているはずだ。

この人ならと夢見た未来は粉々に崩れ、痛みが長く残った。

だがあのころの自分は、長次に強く惹《ひ》かれたというより、てっとり早く自分の家族を作り、体裁《ていさい》を整えたかったのではないかと、今では思える。

長次も同じだったのではないか。長次にとって吉はたまたま近くにいた手頃な女だった。それだけのことだったのだ。

冬の日暮れは早く、すでに町は薄闇に包まれている。

家路を急ぐ女たちや商人、一日の仕事を終えてほっとした表情の職人や日雇いが行き交《か》う通りを、吉と真二郎は並んで歩いた。

これだけ人の多い江戸でも、男女が並んで歩く者は少ない。ましてや二本差しと町人の女など、ほとんど見かけない組み合わせでもある。すれ違いざま、「行儀が悪い」「今時の女は」など、陰口を叩《たた》かれることもある。

そんなとき、真二郎は「気にするな」という顔をしてくれる。三歩後ろを歩いていた吉に、話がしにくいので並んで歩いてくれといったのは、当の真二郎だったからだ。

武士と町人、男と女、さまざまな垣根を真二郎は屈託《くったく》なく越えてしまう。吉はここまでひょうひょうとした人は見たことがなかった。

もへじと書いた軒行灯《のきあんどん》がぼんやりとあたりを照らしていた。もへじは間口二間のこぢんまりとした店だった。

「らっしゃい」

「いらっしゃいまし」

板場の主とおかみが景気よく客を迎える。すでに仕事を終えた男たちが数人、席をあたためていた。真二郎は慣れた様子で奥の小上がりに座った。吉はやや緊張した面持《おもも》ちでその前に腰を下ろした。

「燗《かん》をつけますか」

「ああ。それから刺身。芋《いも》の煮っ転がし、青柳《あおやぎ》の酢の物もいいな。お吉も好きなものをとりな」

真二郎は店の女に注文し、気さくに吉にいう。

吉は壁の貼り紙を見まわした。

「……おでんを……」

「大根、こんにゃく、厚揚げ、昆布《こんぶ》……ありますけど」

「じゃあ、大根をお願いします。それとお茶を」

「飲まねえのか」

「お酒は飲んだことがなくて……私はお茶で……」

運ばれてきたちろりをとり、吉はぎこちなく真二郎の猪口《ちょこ》に酌《しゃく》をする。真二郎は酒を口に含むと話しはじめた。

真二郎は、この日、芝《しば》の増上寺《ぞうじょうじ》に行ってきたという。増上寺は徳川家の菩提《ぼだい》寺《じ》であるとともに、浄土宗の学問所及び養成所である檀林《だんりん》がおかれ、関東十八檀林の筆頭でもある。

香玉寺のことを聞くと、何ヶ所かぐるぐる回され、たらい回しになって終わりかと思いきや、最後に寺の管理をしている部所に行きついた。

「香玉寺と妙恵のことがおおよそわかった」

妙恵は駿河の生まれで、豊かな庄屋の三人姉妹の次女だった。実家の近くに浄土宗の蓮香寺《れんこうじ》という大きな寺があり、住職が父の弟だったのが縁で仏教に帰依《きえ》し、伝宗伝戒《でんそうでんかい》道場・加行《けぎょう》を修行し、宗脈《そうみゃく》・戒脈《かいみゃく》の伝法《でんぽう》を受けたという。

「男だって修行は大変だ。女の身で並の苦労じゃなかっただろうな」

吉がうなずく。

「香玉寺はもともと尼僧《にそう》が庵主《あんしゅ》の寺だそうだ。三年前に前の庵主が亡くなって、妙恵が来るまでは近くの寺の僧が葬式やら何やらを兼務していたらしい」

「それで妙恵さんが庵主さんに抜擢《ばってき》されたというわけなんですね」

「ああ。だが簡単に庵主になどなれるもんじゃない。叔父の力添えやらなにやら後押しがあったんだろうな。……いざ庵主となってからも認められるまではひと苦労だ。檀家《だんか》からの苦情もないわけじゃないらしいぜ」

「苦情が⁉」

「女たちを集めて人助けをやってるだろう。他にも写経《しゃきょう》、座禅の会などを開いて人を集めてる。それがおもしろくねえ檀家もいるってことさ。他人のことばかりやってねえで、檀家中心のごく当たり前のお寺さんでいてくれって」

「傍《はた》から見たら、妙恵さんがなさっていることは仏様の教えに適《かな》うことで文句のつけようがないのに……」

「金の問題もあるんだろうな。自分たちが寺に出したもんを見ず知らずの人に使われたらたまんねぇって」

「檀家さんのお布施は使っていないと思いますよ。……妙恵さん、結構稼《かせ》いでいるって近所じゃ評判でしたもん。人相見をするんですって」

「人相見？　当たるのか」

吉はこくりとうなずく。

「ただ者じゃないですよ。人の心を見透かしているみたいで、私もびっくりさせられたことが一度や二度じゃないんです」

おかみが「おまちどおさま」といって、次々に肴《さかな》を並べていく。鰺《あじ》の刺身、酢の物、芋の煮っ転がし、湯気を上げる飴色の大根。どれも美味しそうだ。

真二郎は箸《はし》をとった。

「食おうぜ」

「はい。いただきます」

吉は大根を小皿にとり、皿の縁に添えられていたからしをつけ、箸でひとくちにし、口に含む。熱々である。

「美味《おい》しいっ」

おかみが振り向いて、にこっと吉に笑いかける。

「その、人の心を見透かしてるって、どういうことだ」

「私が読売のよの字も口にしていないのに、妙恵さん、掲載はしないでほしいといきなりいったんです。……そのとき、私、でもその読売を見て自分も何かしたいという人が増えて、妙恵さんの助けになるんじゃないかといおうとしたんです。そしたら、妙恵さん、そういう人はいつか気づいてくださいますってまたいったの。私、たまげちゃって」

「考えていることを読み取ったと……どうだかなぁ……おめえ気がついてねえのか。思ってることがそのまま顔に出るって」

「えっ」

「そんなはずがあるか？　って今思っただろ。顔に書いてあるぞ」

吉は自分の顔を両手で押さえた。真二郎は続ける。

「……毎日忙しくしているのに、妙恵はいつ人相見をやってんだ？」

「……人相見は夕方からなさってるって。朝から晩まで立ち働いていらっしゃるんですね」

吉は空《から》になった真二郎の猪口に酒をついだ。真二郎はちろりを自分の脇に寄せる。

「酌はいい。手酌が気楽なんだ。……しかしなぁ……香玉寺の妙恵、おもしろくねえなぁ。できすぎなんだ……もうひとつ何かねえと……あ、おかみ、お猪口をもうひとつ」

真二郎は受けとった猪口を吉に渡した。

「私、お酒は……」

「甘口だぜ」

真二郎は吉の猪口に酒を注ぐ。甘口といわれたら飲むしかない。

酒は、糀《こうじ》のような香りがした。思い切って唇《くちびる》を潤すと、まろやかな甘みが広がり、喉《のど》を通った後も余韻《よいん》が口中に残る。

「まぁ。美味しいもんですね」

吉の笑顔に、真二郎の顔もほころんだ。

それからは宝泉寺の話になった。

「上野の寛永寺《かんえいじ》に行ってきたよ」

寛永寺は天台宗の東の総本山で増上寺同様、徳川将軍家の祈禱《きとう》所・菩提寺だ。

こちらは皇族が歴代住職を務めている。

「月輪が宝泉寺を復興したという記録がちゃんとあるとさ」

「よかった。どちらもちゃんとしていて……」

吉は胸をなで下ろした。

「寺の坊主になるには修行がいる。妙恵はまだしも、月輪は……親のいねえ子どもがあそこまでになるのはてぇへんだったろう。修行にも金はいるし、和尚になるには誰かの引き立てが必要だ……」

真二郎はそうつぶやくと、吉の猪口にまた酒をついだ。

二

体がだるく重い。朝餉の支度をしているのか、井戸の釣瓶がまわる音が聞こえる。起きる時刻だった。だが、眠気が去らない。もうちょっとだけと掛け布団を引きあげかけて、吉ははっと目を開けた。

昨晩のことを断片的《だんぺん》に思い出した。

「しょうがねえな」と真二郎はあきれたようにいっていた。

「まぁ、大きな娘さんを……真さんも大変ねぇ」もへじのおかみが笑っていた。

気がつくと吉は真二郎の背中におぶさっていた。三日月が頼りなく道を照らしている。

あわてて「下ろしてください。歩けます」といったが、真二郎は手をゆるめない。「家に着くまで寝てていいぞ」という言葉をぼんやり聞きながら、吉は大きく暖かい背中に身を預け、またまぶたを閉じてしまった。

「ほら、布団を敷いて」

家に着き、吉が布団に入ったのを見て、真二郎は帰っていった。戸がぱたっと閉まった音をかすかに覚えている。

昨晩、吉ははじめて酒を飲んだ。美味しくて、楽しくて……急に眠たくなって、ことんと寝てしまった。真二郎に迷惑をかけ、こんな年でこんなに背が高いのに、家まで背負ってもらった。とんでもないことをしでかしたと、吉は布団をかぶった。

「あたしってばかばか」

自分の頭をこつんこつんと叩く。恥ずかしさに、胸が焼かれるようだ。

真二郎と合わせる顔がない。とはいえ、風香堂を休むわけにはいかない。吉はひるみそうになる気持ちを追いやって井戸端に出ると、手が切れそうに冷たい水で顔を洗った。残りご飯を湯漬けにして、さらさらとかきこみ、身のおき所がない気持ちのまま支度をする。

そのとき、隣から咲と里が激しくいい争う声がした。

「ぴんころ寺なんて冗談じゃない。ばあちゃんはだまされてるんだ」

吉は外に飛び出した。咲が里の袖《そで》を引き、家の前でもみあっていた。

「落ち着いて。もしかして宝泉寺のこと？」

ふたりにすがりついて吉は訊ねた。どんぴしゃだった。里が数ヶ日前から宝泉寺に通い出したという。

　里は唇を嚙みしめる。

「お咲に迷惑をかけらんねぇ。さんざん苦労させてんだ」

「あたしの苦労なんか苦労のうちに入らないって。お金がないのなんか慣れっこだもの。そんなことより、年寄りがにぎり飯持って朝から寺に出かけ、死に方を仏様にすがるなんて、正気《しょうき》の沙汰《さた》じゃないよ。そんな元気があるなら、縫《ぬ》い物手伝ってよ。正月の晴れ着の注文で、てんてこまいなんだから」

「思うように、もう手が動かねぇ……」

「なに弱気なこといってんの。こんだけ仕立て仕事を頼まれるってぇのも、ばあちゃんが長年かけて築いた信用のおかげなんだよ。縫い子は里さんにっていってくれるお客さんが今だっていっぱいいるじゃないか」

「もうおまえの腕にはかなわねえ。このまま寝付いたりしたくねえんだよ」

「朝からもりもりご飯を食べて、よくいうよ」

「それは悪うございましたな……いつ何が起きるかわからねえんだ、この年になると」

「んなこと、年寄りに限った話じゃないよ。それにばあちゃんに何かあったって
あたしが面倒みるって。心配ないって」

「それがかわいそうでならねえっていってんだ」

里は咲を乱暴に突き放すと、杖《つえ》をつきながら長屋を出ていく。

「ばあちゃん！　わからずや」

咲は、小さくなっていく里の背中を悔しそうに見つめている。目に涙がたまっ
ている。吉は咲の手を握った。

「今日、あたし、宝泉寺をのぞいてみる。ばあちゃんと話してみる」

「……お吉ちゃん、お願いしていいかい」

咲は吉の手をぎゅっと握り返した。

金糸雀の世話を終えると、吉はお茶を淹れ、皿に菓子を盛り付けた。
今日の菓子は、妻恋町《つまごいちょう》の「菊屋」の練り切りだ。里と咲のこと、昨晩酒に酔
い真二郎に迷惑をかけたこと……憂鬱《ゆううつ》な気持ちを吹き飛ばすには、やはりとびき
りうまい菓子に限る。
「昌平《しょうへい》の練り切りか」

馬琴がひと目菓子を見るなりいった。「菊屋」の主の昌平は、上方《かみがた》で十年修業してきた菓子職人だ。琥珀羹《こはくかん》が得意だが、練り切りの繊細《せんさい》さにも定評がある。

今日吉が持参したのは、淡い紅《べに》色の山茶花《さざんか》を模した冬の菓子だった。

「はい。銘《めい》は『姫椿《ひめつばき》』で、中にこしあんが入っているそうです」

「姫椿……山茶花の別名だな。こしゃくなまねしやがって……」

山茶花のつぼみがふくらみかけたところをそっと切り取ったかのようだ。今にも花びらを開きそうな初々《ういうい》しさと、冬の寒さにも負けない強さがその形に込められている。

「ほんと、床の間《とこのま》に飾っておきたいくらいのできばえですよね」

「おめえ、身銭《みぜに》切って買ってきたんじゃねえだろうな」

読売で菊屋のことを紹介して以来、吉は昌平とも親しくしていて、昌平に新作の試食を頼まれることもある。だが、今回は奮発《ふんぱつ》した。

「はい……ちょっと勉強してもらいましたけど」

馬琴は目を上げ、吉を見た。「菊屋」の菓子は半端なく高価なのだ。

「……何かあったか？」

「え？」

ぎくっと吉は首をすくめた。

「やけになってやしねえか」

高価な菓子を買ったくらいで、やけ菓子かと疑われるのも情けないが、当たっていないこともない。

吉は馬琴を見た。思わず口から思いがこぼれる。

「先生、生きていると、一波乱、二波乱あるもんですねぇ」

「……真二郎にふられたか」

吉の気持ちなどおかまいなしに、馬琴は切り込んでくる。

「そんなんじゃありませんけど」

「まぁ、そもそもおめえらはいい仲になってねえしな」

馬琴は余裕たっぷり顎《あご》をなでる。吉は馬琴に向き直った。

「ひとつお聞かせくださいませんか。先生はある意味、生きる達人だと思うんです。誰になんといわれようと、自分を曲げずに生きてらっしゃる。人と喧嘩《けんか》しても、人から悪口をいわれてもへっちゃらです。失敗もあったでしょうに、恥ずかしい目にあったこともあるでしょうに、全然気にしていらっしゃらないように見受けられます。……どうすればそんな強い心を持ち続けられるんですか。先のことが不安になったりすることはないんですか」

馬琴は途端に眉を寄せ、渋面《じゅうめん》を作った。

「おめえ、とんでもなく失礼なやつだったんだな……」

「そんなつもりじゃ……」

「平気な顔して、おいらにそこまでいうとは腹が立つのを通り越して、あきれるぜ」

馬琴は姫椿を口に入れた。

「んめぇ」

促《うなが》されるように、吉もひとくち食べる。ほどよい甘さ、なめらかな舌触り。味わいも抜群《ばつぐん》だ。

「見た目に美しく、食べても上等上吉《じょうきち》……これぞ練り切りだ……」

ひと息ついて、馬琴は続ける。

「思うようにならねえのが世の中だ。こうしたいと思ったって、その通りにいくかどうか、そんなこたぁわからねえ。文章を書き、金をもうけ、うまいもんを食べ、金糸雀の面倒を見て、好きなことをする。先のことも前のことも、どうだっていいんだよ。今、したいことをするのがいちばん。今がこの先に続いていくんだからな。以上」

馬琴はずずっと茶を飲み干すと、奥に消えていった。

吉は宝泉寺に向かった。本堂から、月輪の声が聞こえた。

「ナウマク　サンマンダー　バーサラナン　センダーン　マカロシャーナ　ソハタヤ　ヤウンタラタ　カンマン……」

扉をひくと、むわっとこもった熱気に本堂の中は包まれていた。

中では護摩《ごま》焚《た》きが行なわれていた。

ご本尊《ほんぞん》・不動明王《ふどうみょうおう》の前にしつらえられた護摩釜《がま》に火が赤々と燃やされ、月輪が真言《しんごん》を唱《とな》えながら、次々に護摩木を火にかざし燃やしていく。護摩木のひとつひとつに名前と年齢、祈願内容が書かれている。

炎に照らされた月輪の顔、炎にあぶられているその手……大日如来《だいにちにょらい》の憤怒《ふんぬ》の化《け》身《しん》不動明王が月輪に乗り移っているかのようだ。本堂に集《つど》う年寄りも手を合わせ、一心に祈っている。

吉は里の姿を見つけ、その隣に座った。里の目が驚きで大きくなる。

「お吉ちゃん。どうしてここに……」

「仕事でときどき通っているの」

吉は里に耳打ちすると、皆と同じように手を合わせた。隣に座っていた春松屋の隠居が吉に声をかける。

「知り合いかね」

「同じ長屋の……いつもお世話になっているんです……」

隠居が満足げにうなずき、里に会釈《えしやく》する。

ようやく護摩焚きの一連の儀式が終わり、月輪が立ち上がった。

これからお茶の時間になるのだろう。吉も月輪を追って水屋に向かった。

月輪は手ぬぐいで顔の汗を押えていた。

「すごい迫力ですね、護摩焚きって」

「最も御利益がある祈願ですから。……今日は何か？」

「長屋で親しくしている人がこちらに来るようになったものですから……」

「どちらの方かな」

「あ、春松屋のご隠居のとなりに……」

月輪は里と目が合うと、軽く会釈した。嬉《うれ》しそうに里が深々と頭を下げる。

水屋に入り、吉は慣れた手つきで、薬缶《やかん》から急須に湯を注いだ。月輪はお茶を吉にまかせ、自分は菓子を載せた木箱を持ち、本堂に向かう。

その菓子を見た吉の胸がざわついた。草餅だった。

草餅の日に、関寿が死んだ。なんの根拠もないけれど、不穏な気がしてならない。急いでお茶を配り終えると、吉は里のところに戻った。

里の懐紙《かいし》の上に、草餅がふたつ並んでいる。

「あら……」

「こちらの旦那さんにひとつもらって……」

里は春松屋の隠居を見た。隠居が苦笑する。

「毎日甘いものを食べているせいか、このところ少し肥《こ》えましてな」

だが里は草餅に手をつけようとしない。吉が促しても、里は首をふった。

「せっかくだから、持って帰ってお咲と食べようと思って……」

「それなら私の分も持って行って。そしたら鉄造さんも一緒に家族三人で食べられる」

「そんな悪いよ」

「悪くないから」

「んじゃ遠慮なく」

里が立ち上がった。もう帰るという。

「これから歌ったり踊ったり、楽しい時間みたいよ」

「もういいんだ」

里はきっぱりといい切る。

「じゃ、長屋まで送るよ。草餅、持ってあげる」

吉は里の草餅の包みを袖のたもとにひょいと入れた。里がけらけらと声をあげて笑う。

「そんなところに……お菓子をもらった子どもみたいじゃないか」

「あら、箱に入ってない柔らかい菓子はこのほうがつぶれないのよ」

吉と里は並んで宝泉寺を後にした。

「……これで気が済んだ……」

門を出るなり、里はそうつぶやき、今日、祈願のための護摩木を買わなかったと少しばかり悲しそうに続けた。

「……一生懸命稼いだ銭《ぜに》を、なんぼ霊験《れいげん》あらたかっていわれても煙にするものなんかに、もったいなくて使えねぇもの……護摩木を買わなかったのは、あの中であたいひとりだった。……仏様も、和尚様もあきれたにちげえねえ。それに、和尚様がくれるっていった数珠ももらえねえって断っちまったし」

里は左手首に目をやった。そのとき、吉は宝泉寺の信者がみな数珠を腕につけていたことに、はじめて気がついた。

「数珠の金は不要だと和尚様はいってくれたけど……」

「ただなの⁉」

里はため息をつく。

「そういわれても、もらいっぱなしにはできねえ。みんな、たんまりお礼してるって聞いたもの。小判を何枚も包む人もいるそうだ」

数珠に小判とは法外だ。ただより高いものはないということだろう。

吉は里の背中に手をやった。

「護摩木を買ったか買わないかなんて、仏様は気になさらないわよ。ばあちゃんは毎日、仏様と神様にちゃんと手を合わせてる。ずっとまじめに働き続けてきた正直者だって、仏様は知ってるよ」

「そうかな」

「知らいでか。仏様の教えは世の中をあまねく照らすっていうもの。見てくださってるって」

里の表情が和《やわ》らいだ。

「ならいいか」

それから里は、明日からまた咲の縫い物の手伝いをすると続けた。

「なんにもしねえで、お茶を飲んで、和尚様の話を聞いて日がな一日、おとなしく過ごすなんて、やっぱりお天道様《てんとさま》に申し訳なくて……あたいは骨の髄《ずい》まで貧乏性なんだねぇ」

「お咲さん、喜ぶよ」

「遊びは今日まで。せっかくだ。これから両国広小路《ひろこうじ》にでも行ってみるかな」

いきなり里がいった。吉はびっくりして里を見る。里がどこかに遊びに行くなんて、花見以外、聞いたことがない。

「ばあちゃんが両国広小路に？」

「ああ。娘時代に出店をひやかしに何度か行ったことがあるんだよ。昔取った杵《きね》柄《づか》、道はわかるよ」

里の娘時代というと、およそ四十年前になる。杖をついて歩く里をひとりで両国広小路の人混みに出すのはためらわれた。

「ばあちゃん、ちょっとなら私も付き合うよ。両国広小路」

「いいのかい？」

吉は里の手をとった。親父橋を渡り、芝居小屋が建ち並ぶ芳町を抜け、人形町通りから木綿《もめん》問屋の大店大丸《だいまる》で有名な大丸新道に入る。汐見橋《しおみばし》を渡ると、通りの先に両国広小路が見えた。

里は両国広小路の賑《にぎ》わいに目を丸くした。あられ湯を頼んだ茶店の長床几《ながしょうぎ》に座り、里とふたりにぎり飯をゆっくり食べた。それから里は小間物屋で、へちま水を買った。

「咲に土産だよ」

しわくちゃの顔をほころばせて、ふふっと肩をすくめる。護摩木は買えなかったのに、嫁の咲のために里はがま口から銭を出した。

そろそろ帰ろうと、横山町《よこやまちょう》の大通りを戻ろうとしたときに、「きゃ〜っ」という女のつんざくような悲鳴が後ろから聞こえた。

振り向くと、何人かの女が道ばたに転んでいる。その間を縫って走る小さな生き物が見えた。

猫と犬とも違う。首が長く、体はほっそりとして、大きな長い尻尾《しっぽ》をぴんと立てている。体をくねらせるようにしてすばしこく動き回って、こちらに向かって走ってくる。

「つかめえてくれ！　うちとこのイタチだ！」

網や棒を持った男たちが追いかけていた。

「見世物小屋のイタチだ！　止めてくれ！」

イタチは吉と里の間をすり抜けて汐見橋のほうに走っていく。読売の書き手として、見逃せないと吉はあわててイタチを追いかけた。

汐見橋のたもとでイタチは足をゆるめ動きを止めた。そのまま体を縮め、狙いをつけている。鋭《するど》い視線の先に子猫がいた。この秋に生まれたばかりなのだろう。手のひらに乗りそうな、まだちっちゃな子猫だ。

「猫が食われる！」

誰かが叫《さけ》んだ。吉はとっさに袖に手を入れ、草餅の包みをつかんだ。子猫に襲いかかろうとしたイタチめがけて草餅をぶん投げた。

べしょっという音がして、草餅がイタチの顔に見事に命中した。イタチは面食らって飛び退《の》いた。

キーキークク……。イタチが不満げに鳴く。

その鼻にきなこがついていた。鼻をひとなめして、イタチはまた子猫を鋭い目で見た。イタチはあきらめてはいなかった。今度こそ、子猫が襲われてしまう。

そのとき、ぱたりとイタチがひっくり返った。

ええ〜っ⁉

「お吉ちゃん、猫、猫！」

やっと追いついた里に促されて、吉は子猫に駆け寄り、拾《ひろ》い上げる。

駆けつけた見世物小屋の男たちにイタチは捕らえられた。二、三度頭をもたげたが、ぐったりしている。男たちは首をひねった。

「力が抜けてやがる」

「死んだふりか？」

「死んだふりをするのは狸《たぬき》だ」

「こいつのどこが狸だっていうんだよ。ま、そのうちにまた気がつくだろ」

イタチを止めた吉に、男たちは礼をいい、小屋の名前を書いた木札を渡した。その木札を見世物小屋の入り口で見せれば何度でも無料で見物できるという。男たちはほっとした顔でイタチを入れた木箱をかついで戻っていく。

「イタチの鼻のど真ん中に菓子を命中させるたぁ、てぇしたもんだ」

「一石二鳥ならぬ草餅でイタチか」

遠巻きにしていた町の人が勝手なことをいっている。

吉は土まみれになった草餅を懐紙で包み、拾い上げた。胸がどきどきしていた。イタチはこの草餅のきなこをぺろりとなめた途端に倒れた。

「お吉ちゃんすごいねぇ。イタチを一撃だもん。手足が長いから、草餅に勢いがついたんだろうねぇ。子猫が食われなくてよかったよぉ」

里が興奮した面持ちでいう。

イタチは単に鼻を直撃されて倒れただけなのかもしれない。狸寝入りよろしく、死んだふりをしたのかもしれない。でもそんなことでころりと倒れるだろうか。もしかしたら、きなこにあたったのだろうか。里が食べていたらどうなっただろうと思うと、震えがきてしまう。

吉は子猫の飼い主を探してあたりに声をかけたが、名乗り出る者はいなかった。

「親にはぐれた子猫だな。イタチにやられなくても、これから冬だ。早晩《そうばん》、死んじまうな。かわいそうに」

誰かがそういった。木枯《こが》らしは冷たく、数少なくなった枯れ葉を舞い上げている。

吉は子猫を放り出す気持ちにはなれず、風呂敷から取り出した巾着《きんちゃく》に子猫を入れた。茶虎《ちゃとら》の猫で首の内側と手足の先が白く足袋《たび》をはいているかのようだ。丸い目があどけない。

帰り道、里は終始ご機嫌だった。

「護摩焚きも見られたし、イタチって生き物も生まれて初めて見たし、何十年ぶりに両国広小路にも行ったし、おもしろかった。次は咲も連れてってやろう。そんときはお吉ちゃん、また付き合ってよ」

「うん。イタチを見に行こうね。ただで見られるし」

「楽しみだねぇ。あ、拾った草餅、食べるんじゃないよ。イタチにぶつけたんだから、腹壊すよ」

「んもう、そこまで食いしん坊じゃないから大丈夫よ」

長屋の前で里と別れ、吉は風香堂に向かった。

風香堂に戻ると、真二郎が絵を描いていた。読売の絵ではなく、おもちゃ屋から発注された大凧の絵らしい。義経《よしつね》と弁慶《べんけい》、助六、宝船、龍、金太郎……中には畳一畳もあるものもある。真二郎が風香堂で他の仕事をやることを、光太郎は特別に認めている。おもちゃ屋の仕事は実入りがいいらしく、すみは憧れのまなざして見ていた。

　吉は「ただ今戻りました」と挨拶《あいさつ》をすると、覚悟を決めて真二郎の隣に行き、

「昨日は申し訳ありませんでした……」と頭を下げた。

「おもしろかったな……お月様も笑ってたよ」

　吉の頬《ほお》がかーっと赤くなった。

　そのとき、光太郎が足音を蹴立てて階段を上がってきた。

「お吉、おめえ、イタチを一撃でやっつけたって？」

　耳が早い光太郎は、早速、両国広小路帰りの一件を聞きつけたらしい。

　吉を手招きして、自分の前に座らせる。

「草餅をぶっつけてイタチを倒すとは、てぇしたもんだ。さすが元菓子屋の女中ならではだ」

「光太郎さん、何事ですか」

　真二郎が筆をおいた。

　光太郎は、まるで見てきたように、両国広小路の見世物小屋から逃げ出したイタチの鼻に、吉がたもとから取り出した草餅の包みを命中させ、見事、捕まえたという話をし、腕を組み、しきりにうなりだした。

「草餅の包み？　宝泉寺の菓子でイタチの鼻を折ったのか」

真二郎が小声で吉に訊ねる。

「まさか。餅菓子で鼻を折るなんて、そんなことできやしませんよ。ぶつけた後、イタチが鼻をなめて、ころっとひっくり返って……」

吉がたもとから包みを出した。拾い集めた草餅をくるんでいる。

「ひとつだけ、ちいとでけえな」

そのことには吉も気づいていた。里と吉のものは同じ大きさだったが、春松屋の隠居からもらったものはひとまわり大きい。店で出す菓子なら、大きさは同じでなければならない。だがいくら菓子作りがうまいといっても、月輪は素人《しろうと》だ。餅やあんこがあまりそうなときは、大きめに作ることだってあるだろう。

光太郎が舌打ちする。

「惜しい。相手がイタチじゃあなぁ。にっちもさっちもいかねえ。虎、せめてラクダだったら、読売ねたになったのに。残念だったな、お吉」

向かってくる虎に自分が草餅を投げる図を想像して、吉はうんざりした。

「ほんと残念でしたね。お吉さんなら、虎だってやっつけてしまいそう。こんなに大きいんですもの」

すみがすかさず冗談めかしていって、くつくつ笑った。

「……お吉、おい、巾着から何か顔を出してるぞ」

光太郎が吉の文机《ふづくえ》の下を指さした。

拾った子猫だった。巾着から首だけを出している。目が合うと、みゅうと小さく鳴いた。

「旦那さん、この猫、家においてきていいですか」

イタチに食われそうになっていた猫で、これからもらい手を探すつもりだというと、光太郎は立ち上がって、下に向かって叫んだ。

「おい、そっちにリンゴが入ってた木箱があっただろ。そいつをお吉にやってくれ」

「なんだとぉ、まだリンゴが残ってんだよ」

息子の清一郎が怒鳴り返す。

「リンゴなんか出しゃあいいじゃねえか。さっさと食っちまえ。拾った猫を入れるのにちょうどいいからな」

「猫だって」

ひっかかったとばかり、光太郎がくっと笑って、吉に小声でいう。

「あいつは猫好きなんだ。ほれ、行ってこい」

「光太郎さん、おれもちょっと出かけてきます」

真二郎が立ち上がる。いつのまにか、書きかけの絵を片付けていた。

立派な木箱をぶらさげて歩きながら、真二郎はしきりにぶつぶついい続けている。

「……イタチは草餅がぶつかった鼻をなめて倒れた……」

「草餅のきなこが鼻についていたんです」

「イタチはきなこを食わねえのか」

「さぁ。きなこの原料は大豆ですから、食べられないことはないと思いますけど……」

「きなこはどうやって作るんだ？」

「大豆を炒《い》って皮をむき、挽《ひ》いた粉がきなこなんです」

「……関寿もみな、草餅の日に死んだんだよな」

「ええ……うさぎ屋の大女将は家に戻ってから、関寿さんはそば屋の前で……」

家につくと、吉はリンゴ箱を逆さまにして、中に体をきれいに拭いた子猫を入れた。水を入れた小鉢も差し入れ、上から風呂敷をかけてやる。

　真二郎は入り口の柱に寄りかかりながら、吉のすることをじっと見ていた。

　吉は振り返って真二郎にいう。

「イタチが元気になったかどうか見に行きたいんですけど、一緒に行ってくれませんか。……無事か気になって」

　真二郎は苦笑しながらうなずいた。

　半刻後、ふたりは両国広小路の見世物小屋の裏にいた。

　イタチは檻《おり》の中で元気に水を飲んでいた。

「戻ってきたときはうんともすんともいわねえし、半目でべろを出してやがる。このまま死んじまうかもしれねえと思ったが、しばらくしたら動きだした。はじめはよろよろしてたが、もうでえじょうぶだ。すばしこいやつだから、姉さんがいなかったら、逃げられてたよ。おかげで大事なイタチを一匹失わずにすんだ。ありがとよ」

　長い半纏《はんてん》をじょろりと着た小屋の頭《かしら》は、このイタチの名を草餅イタチにするという。

「……月輪の耳にもこの噂は入っているかもしれんな。ちょいと挨拶しとくか」

ふたりはそのまま、宝泉寺に向かった。

案の定、宝泉寺にも吉の武勇伝はすでに伝わっていた。信者のひとりが宝泉寺に行く途中で、一部始終《しじゅう》を目撃し、「背の高い女」「小さな草餅」で吉が月輪の作った草餅を投げたとわかってしまったらしい。

「いつもならすぐにぺろりと食っちまうお吉さんが草餅をたまたま土産に持って帰って、たまたま逃げたイタチに出くわして、たまたま草餅を投げたらたまたまイタチの鼻先に命中して、お手柄とは。こんなこともあるんですなぁ」

春松屋の隠居が感心したようにいう。

「ご隠居さんの草餅もいただいていたので、結構な重さがあって、それでイタチもびっくりしてくれたのかもしれません」

「草餅が飛んでくるなんて、イタチだって思いもしなかったろう」

「見世物小屋の人は、泡を食ったイタチが狸みたいに死んだふりしたのかもしれないっていってました」

「あんた、イタチにぶつけた草餅を拾って食べなかっただろうね」

「まさか、いくらなんでも……」

吉は隠居と顔を見合わせて笑った。

振り向くと、月輪が微笑《ほほえ》んでいた。吉はあわてて頭を下げた。

「せっかくの月輪様のお菓子をだめにしてしまって、申し訳ありませんでした」

月輪が鷹揚《おうよう》にうなずく。

「何にしても草餅が役に立ってよかった。これも仏様のご加護《かご》でしょう」

そのときだった。真二郎が口を開いた。

「先日、別件で内藤新宿に行きましてね」

月輪の目が細くなった。真二郎はさらりと続ける。

「月輪様のお父上が菓子職人をなさっていた菓子屋がわかりました。若松でしょう」

「かないませんな。おっしゃる通りです」

「お吉が、その菓子屋を見つけたんです」

吉は首をすくめてうなずいた。

「お菓子の大きさがそっくりなんですもの。すぐにわかりました。若松の菓子も小ぶりで……月輪様はお父上の菓子を今も大切に思っていなさるんですね」

「お吉さんも内藤新宿に？」

「ええ、賑やかなところで驚きました」

「お父上の竜二さんに続いてお母上も亡くなり、月輪様は伯父上のお宅に引き取られたと、若松の主から聞きましたが、ご苦労なさったんですね」

真二郎が踏み込んだ話をはじめた。月輪に立ち入り過ぎだと思われはしないかと、吉ははらはらした。

「若いときの苦労は買ってでもせよと申します。生きることがすなわち修行でございますから」

おっとりと返した月輪を、真二郎は静かに見つめる。

「当時のお住まいの近くも通りかかりまして……」

「住まい？　私のですか」

「若松の主に、竜二さん一家の長屋があった場所を聞きまして」

「ほう。だがなぜ私の住まいなんか……いずれにしても、もう長屋は取り壊されているはずですが……」

「よくご存じで……。しかし、あまりに奇遇《きぐう》で驚きました」

「奇遇とは？」

また月輪が目を細める。

「暗闇徳治郎がねぐらにしていた長屋と目と鼻の先でしたもので」

「暗闇徳治郎……盗賊の首領でしたかな」

「ええ。関八州《かんはっしゅう》をまたにかけて荒らし回った盗賊団ですよ。暗闇徳治郎は隠れ住んでいた内藤新宿の長屋で捕まったんです」

「ほう、そんな輩が。それはそれは……。あのあたりも変わったでしょうな。もう知る人もおりませんが……」

両手を胸の前で合わせて、月輪はいった。

宝泉寺を出て、吉は真二郎とともに風香堂に向かう。内藤新宿の話になった途端、月輪の表情が変わったように、吉には見えた。お菓子作りが上手な優しい和尚様というだけではない、月輪の素顔が現われたような気がした。

「月輪に何か後ろ暗いことがあれば動くかもしれん」

真二郎がつぶやく。吉は唇をかみしめ、うなずいた。

三

宝泉寺と香玉寺の件は、真二郎が光太郎と話し合い、とりあえず寝かしておくことになった。このままではどう書いたとしても人が銭を払ってまで読みたいという記事にはなりそうになかったからだ。

吉はそれからというもの、七福神巡りの店の聞き取りと原稿に追われた。やっとそちらの原稿があがり、真二郎の絵とともに版木《はんぎ》屋に回したときには霜月《しもつき》が終わりかけていた。

すみも神田明神の絵はすでに仕上げ、今は七福神の描き分けに四苦八苦《しくはっく》しているが、逃げずにふんばり、今日明日で形がつきそうで、吉はほっとしていた。

明日からは師走だ。今年中に売り切らねばならないのに、原稿と絵が仕上がらず、発売が延び延びになっては目もあてられない。

子猫の引受人も本気で探さなくてはならない。

吉が家に戻ると、毎日子猫は箱から飛び出してきて、棒にひもをつけて作ったおもちゃを捕まえようと飛び上がったり、足にじゃれついたりする。吉が布団に入ると、もそもそともぐりこんできて、こてんと眠る。

早く引受人を見つけなくては、子猫を手放せなくなりそうだった。

その朝、いつものように金糸雀の世話に行くと馬琴は思いもかけないことをいった。

「おめえ、今度の冊子で春松屋のお茶を紹介するっていってたな。……あそこの隠居、昨日、倒れたぞ」

宝泉寺から帰ってきたと思いきや、隠居は店先で胸を押さえ、前後不覚《ぜんごふかく》になった。すぐさま馬琴の息子で医師の宗伯が呼ばれて、今朝になって戻ってきたという。

吉は口を手でおおった。春松屋の隠居の笑顔が目に浮かぶ。大店の主だったのに、権高《けんだか》なところがなく、吉や里とも気軽に話してくれた。好きな落語を語るときの、なんとも満ち足りた表情も忘れられない。

「まさか……往生ころりなんて……」

「まだ死んじゃいねえ。心の臓だとよ」

「……やっぱり……」

「やっぱりってなんだ！」

「関寿さんも、鰹節《かつおぶし》問屋丸和のご隠居も、浜田屋さんも、うさぎ屋さんの大女将さんも、柳湯のご隠居も、心の臓で亡くなったって。宝泉寺に通ってた人はみな……」

馬琴はぎらりと目をむいて、廊下に飛び出していく。

「宗伯！　手が空《あ》いたら、こっちに顔を出せ」

大声で叫んだ。

しばらくして、ばたばたと足音がして、宗伯が姿を現わした。宗伯は馬琴とは似ても似つかぬ優男《やさおとこ》である。

馬琴が隠居の具合を尋ねると、心拍が弱く、心拍数も減って、体温も低く、予《よ》断《だん》を許さぬ状態だといった。

「宝泉寺の信者がころころ死んでやがる。判を押したように医者の診立《みた》てはみな心の臓だ」

「そういわれても……私が見てるのは春松屋さんだけですから、それ以外の人のことはなんとも」

「……隠居は毒を飲まされたんじゃねえだろうな」

馬琴はさぐるように低い声でいう。宗伯はいかにも迷惑だという顔をした。

「そういう話があるんですか」

「ねぇよ。だが、次々に同じ理由で人が死ぬのは変だろ」

「いつか人は死ぬものですよ」

「ええ～い、坊主みてぇなこといいやがって。問答《もんどう》してるんじゃねえんだ。おめえ、医者だろ」

癇癪《かんしゃく》を起こした馬琴を、宗伯はあきれたように見た。

「軽々しく毒なんてことを口にして。人が聞いたらどう思うか。物騒《ぶっそう》でかなわねえな……あのね、医者だから何でもわかると思ったら大間違いです。だいたい毒といったら、馬鹿のひとつ覚えみたいに石見銀山《いわみぎんざん》だと思ってるんじゃないでしょうね。毒なんか身の回りにいっぱいあるんです。毒ぜり、毒あせび、毒きのこ、トリカブト、彼岸花《ひがんばな》、水仙《すいせん》、福寿草《ふくじゅそう》、フグの肝《きも》、みんな毒を持っています」

「冬に毒ぜりがあるか、このあたりにトリカブトが生《は》えてるか？　水仙や福寿草だって出回るのは年明けだろ」

「もののたとえですよ。……この庭にだって毒を持つ植物はありますよ。ほら、そこに見える垣根のイチイのタネだって毒なんです。よしんば毒だとしても、ご隠居が何を口にしたかもわからない。わからないことを聞かれても答えようがありません」

吉は目をしばたたいた。秋のはじめに、イチイは真っ赤な実をつける。子どもの頃、吉はよくその実をつまんで食べた。黒褐色に熟したものほど甘く、弟や妹と争うように食べた。ぺっぺとタネははき出したが、夢中になって一個や二個はタネを呑みこんでしまったかもしれない。そのタネに毒があったなんて今の今まで知らなかった。次の秋が来る前に、子育て中の妹の加代に教えてやらなくてはならない。

「あの〜〜〜イチイのタネを食べたらどうなるんですか」

吉はおそるおそる宗伯に聞いた。宗伯は男にしては細い首をかしげる。

「……心音不正、心拍数減少……体温低下……」

「それ、春松屋の隠居とおんなしじゃねえか」

馬琴がすっとんきょうな声でいう。

「確かに……春松屋のご隠居の症状と似通っていますな。ですが、急に寒くなりましたから、体の調子を崩す年寄りも多いんです。体が衰弱すればそうなるもんなんですよ。おやじどのも年なんですからお気をつけ下さい……」

馬琴の顔が赤くなった。息子にがんがんいい返されて頭に血が上っている。

「誰が年だって！　みな同じ理由で死んだのが変だっていってるだけだろ。だいたいイチイの実なんかこの季節、食わねえだろ。実はとっくに終わってる。ぶぁっか！」

「大声を出さないでください。もういいですか。患者を待たせているんです。呼び出しはこれきりにしてください」

宗伯はがなり声をあげた馬琴の口を封じるようにびしっといって、診察室に戻っていった。馬琴はしばらくの間、腕を組んだまま、む～～～っとうなった。

帰りに、吉は春松屋の暖簾をくぐった。

聞き取りのときに相手をしてくれた小僧がいた。吉は小僧を手招きすると、隠居の病状を尋ねた。

「…ご隠居様は……気がつかれたんですけど、また眠ってしまわれたようで……」

主夫婦は枕元につきっきりだという。

お大事にといい、吉は春松屋を後にした。

気がつくと、吉は宝泉寺に来ていた。本堂からは月輪の読経《どきょう》が聞こえる。

本堂をのぞくと、月輪がご本尊の前に座り、いつも通り、多くの信者が手を合わせている。まもなく読経が終わり、月輪は水屋に姿を消した。昨日、月輪に抱いた異和感は消えていない。だからこそ気を落ち着かせて、いつも通りに動かなければと、吉は自分にいい聞かせた。お茶を淹れるのを手伝おうと、吉も奥に向かう。

「お吉さん……」

菓子を入れた木箱を手にした月輪が顔を上げた。吉は軽く頭を下げた。

「……春松屋のご隠居様がお悪いそうで……」

月輪がうなずく。

「昨日倒れられたそうですね。ご伝言をいただきました」

「ご隠居様も、まさか……関寿さんみたいに」

「さぁ、先のことは誰にもわかりません。すべて仏様の思《おぼ》し召《め》しですよ」

菓子の入った木箱を持って月輪が本堂に向かう。今日の菓子はあんこの団子だ。

吉はお茶を入れようとして、お茶っ葉が用意されていないことに気がついた。その奥棚には、きなこや乾燥小豆、くず粉《こ》などと書かれた紙の袋が並んでいる。その奥に茶壺《ちゃつぼ》がふたつあった。

手前の茶壺を開けると、黒みがかった粒が中程まで入っていた。ごまでも芥子《けし》の実でもない。目にしたことのないものだった。茶壺を戻そうとして、吉はとっさに数粒を懐紙に包み、胸元にはさんだ。

そのとき月輪が帰ってきた。吉は口から飛び出しそうになった心の臓をあわてて飲みこんだ。

本堂では春松屋の隠居の話でもちきりだった。

「往生ころりとはいかなかったんだね、ご隠居は」

「苦しんでいたら気の毒だ」

「昨日のお菓子はなんだったんですか」

吉はお茶を配りながら、何喰わぬ顔で尋ねた。聞かなくてはならなかった。

「……草餅だよ。ご隠居は持って帰るっていってたんだが、帰り際にやっぱり腹が減ったからひとくち食べるって」

春松屋の隠居と仲の良かったじいさんが答えた。やっぱりと吉の胸がはね上がる。

「春松屋さんはあんなに熱心に通ってきてたのに」

「月輪様の法力《ほうりき》もかなわなかったんだねえ」

みな、隠居のことをすでに亡き者のように話している。吉はいたたまれない気持ちになり、長居は無用だと思った。

「ところで、真二郎さんと内藤新宿にいらした御用向きはなんだったんですか？」

暇《いとま》を告げ、本堂から出ようとした吉に月輪は尋ねた。

「内々《ないない》のことで……」

あいまいに言葉をにごすと、月輪は目を細めた。

「読売を作っていらっしゃるのだから、いろんな場所に行かれることも多いのでしょうな」

「ええ……まあ」

「暗闇徳治郎が内藤新宿に潜んでいたとは……初耳でした」

「ですよね。私も知らなくて。真二郎さんは、暗闇徳治郎っていう盗賊が捕まったとき、その似顔絵を読売に描いたんですよ」

「あれを……真二郎さんが描かれた」

「ええ。ご覧になられましたか。私はそのころまだ菓子屋の女中で、読売を奉公仲間に見せてもらった口でしたけど」

話は春松屋の隠居のことに戻る。

「往生ころりを願ってらしたのですから、いつどこで死んでもご隠居は本望《ほんもう》だと思いますよ」

数珠を握った手を合わせ、月輪は低い声でいう。

「……でも……昨日から苦しんでいらっしゃるって」

「苦しむ苦しまないは浮《う》き世《よ》の小事《しょうじ》。首尾《しゅび》は上々《じょうじょう》ではございませんか」

月輪の口角がひきつれたように上がった。目は笑っていなかった。

春松屋の隠居のことを伝えたいのに、真二郎は風香堂にいなかった。

ひとり絹が一心に筆を走らせている。

絹は「正月に着たい　運を呼びこむ着物」という記事に取りかかっていた。晴れ着だけでなく、帯揚げと帯締めの組み合わせ、半襟《はんえり》や根付《ねつけ》の使い方、下駄《げた》の鼻緒《はなお》の色や素材、こじゃれた襟巻きや番傘、有名占い師が勧める開運小物まで網羅《もうら》している。

絹は女心をとらえる企画を連発し、出す読売は常に一定の売り上げを確保している。

しばらくして帰ってきたすみはふたりにおざなりに頭を下げ、かじかんだ手に、はぁ〜っと息を吹きかけてあたためる。

「あたしもさっさと終わらせてさっさと帰らないと」

すみはこのところまじめに仕事をしている。人が簡単に変わらないことを教えてくれたのもすみだけに、どこまで本気かわからないが、いい傾向であることは確かだ。

昨日、版木屋に回すなり、吉は光太郎から次の企画を出すようにいわれた。だが、吉は何もする気になれず、机の前にぼんやり座っていた。月輪の言葉に衝撃を受けていた。

そのとき、下から声がした。

「お吉！　お客だ！」

あわてて階段を降りると、丸い顔に大きなほくろが豆大福のように見える、御用聞きの小平次《こへいじ》が来ていた。

「上田様と真二郎さんが、そこの自身番《じしんばん》で待っておられやんす」

「はい。ただ今」

吉は下駄をつっかけ、小平次の後を追った。

ふたりは自身番で難しい顔をして座っていた。

「春松屋の隠居が倒れた」

上田が吉の顔を見るなりいった。吉がうなずく。

「馬琴先生のところでお聞きしました。宗伯先生が昨晩、呼ばれたそうです」

「……はええな、耳が」

真二郎は腕を組む。

「昨日のお菓子も、草餅だったそうです」

「宝泉寺にも行ったのか」

「はい」

「隠居は……食べたんだな」

吉がうなずいた。

「心の臓を打つ音が弱く、体温も低く、どうなるかわからないって……」

「宗伯は他に何かいってたか？」

「急に寒くなったから、この季節、年寄りが心の臓を悪くするのは珍しくないそうで。……馬琴先生が毒じゃないかって詰め寄ったんですが……」

「毒か……その可能性もあるっていったか」

真二郎の目が光った。吉は首を横にふった。

「いえ。そうとは……」

真二郎がうなって顎をなでる。

上田が懐から文を取り出した。

「先ほど御用聞きの源吉から届いた。竜二の息子の名は秀太郎《ひでたろう》。母の死後、行徳《ぎょうとく》で漁師をしていた父方の伯父・寿一《じゆいち》に引き取られたそうだ。ひとり、行徳に住んでる安吉《やすきち》という腕のいい御用聞きがいる。あいつにそこからの調べは頼もう。

……秀太郎は幼い頃から、目から鼻に抜けるほど賢かったとみなが口をそろえたそうだ。一度聞いたことは忘れねえとさ」

「なるほど。月輪は弁が立つ。そつのなさはただもんじゃねぇ」

吉は、首尾は上々といったときの月輪を思い出していた。その顔には吉の反応を見ておもしろがるような酷薄《こくはく》さがあった。人の命をもののように片づける冷酷さも感じた。

「関寿も心の臓だったたな」

真二郎が低い声でいう。吉はうなずいた。

「みなさん、そのようです」

「みんなとは……」

上田が聞いた。

「関寿さん、うさぎ屋のお勝さん、伊勢町の鰹節問屋丸和のご隠居の助太郎さん、大伝馬町の旅籠浜田屋の大女将の美鈴さん、馬喰町の柳湯のご隠居、権太さん……」

上田の表情が変わった。

「伊勢町の丸和？　旅籠浜田屋？」

上田は眉間にしわを寄せた。真二郎がぱんと膝を叩く。

「今年のお盆に掛け売りの代金をがっさりやられた店じゃねえか……」

うむと上田がうなずく。ふたつの店とも、押し込みに入られ、半年分の売上金を盗まれたという。

「下手人《げしゆにん》はまだ捕まってねえ」

「ご隠居さんたちが亡くなった初盆《はつぼん》に、押し込みに入られたなんて。……泣きっ面《つら》に蜂《はち》じゃないですか」

手引きする者もいなかったのに、賊は家のどこに何があるのか知っていた。するりと侵入し、掛け取りで集めたばかりの店の売り上げを鮮やかにかっさらった。盗まれたと家人が気づいたのは、どちらも朝になってからで、盗人《ぬすつと》の手際の良さに奉行所も舌を巻いたと、上田は続けた。

「何喰わぬ顔で賊は家に出入りしていたのかもしれん」

吉はうさぎ屋の美津の話を思い出した。母勝の死後、月輪は何度も経を読みに来てくれたという。月輪なら誰にも怪しまれずに丸和にも浜田屋にも出入りできたはずだ。

「真さん、宝泉寺から目を離さないでいてくれ。ただ、無理はするな。こっちも少し調べてみる。かたりの坊主だったら、やりようもあるんだが」

偽坊主なら町奉行所が動けるが、そうでなければ寺社奉行の取り締まりとなる。上田は宝泉寺の件を町奉行にあげ、町奉行は寺社奉行所の耳に入れたというが、何分、証拠ひとつなく、寺社奉行が動く気配はない。

上田は小平次に声をかけ、出ていった。

その夕方、風香堂の帰りに吉はまた春松屋まで行った。店じまいをしている小僧に声をかける。

「ご隠居様、どうですか」

「先ほど気がつかれて……宗伯先生が今、中に」

とりあえず、危機を脱したようだと聞くと吉は胸をおさえ、店の床几にすとんと腰を下ろした。

「……よかった……」

吉は店を出ると昌平橋のたもとで、宗伯を待ちかまえた。

しばらくして宗伯は薬箱を持つ見習いとともに足早に歩いてきた。吉が声をかけると、宗伯は足を止めた。

春松屋の隠居は意識も脈拍もしっかりしてきたという。

「一時は命も危《あや》ぶまれたが……あれほど心の臓が弱っていたのに」

その口ぶりから、思いの外《ほか》回復が早かったということがうかがい知れる。

春松屋の隠居は急激に悪くなり、一日足らずで回復した。経験豊かな宗伯も、こうした例はあまり目にしたことがないらしい。

宗伯は盆の窪に手を当てて、頭をひねる。

「毒を盛られたというのも、あながちありえない話じゃねえかもしれん」

吉は笑っていなかった月輪の目を思い出した。

草餅にしこむ毒があるとしたら、どのようなものだろう。

菓子のことで、頼りになるのはやはり松五郎と民だった。

吉がこれまでのいきさつを話すと、ふたりの憤慨《ふんがい》っぷりは想像以上だった。

「往生ころりの寺で草餅を出すと人が死ぬって。なんだってそんなこと」

だが菓子はともかく毒のことなど松五郎も知るはずもない。

また来ますと、吉が腰を上げたとき、民が干し柿を持ってきた。

「これを持ってお行き。甲府《こうふ》から届いたんだよ」

松緑苑を営《いとな》んでいるとき、松五郎は秋になると、甲府の干し柿名人から干し柿を取り寄せていた。今は翠緑堂の勇吉が同じ名人に頼んでいる。昨日、内藤新宿に届き、今日こちらに到着したという。

表面に白い粉がふいている見事な干し柿だ。干してはもみ、また干して、太陽と冷たい風にたっぷりさらさなければ、こんな干し柿はできない。

吉は胸元から懐紙を取り出そうとして、小さな包みがひとつ差し込んであったことに気がついた。月輪の水屋で、茶壺に入っていた黒みがかった粒だ。はっとして包みを開くと、民が後ろからのぞき込んだ。

「なんだい？」

「さぁ……」

宝泉寺の水屋にあった茶壺の中に入っていたと吉がいうと、民が目をむいた。

「黙って持ってきたのかい」

「菓子の材料では見たこともないものだったから、とっさに……」

「人に見られたら盗人扱いされかねないのに」

「……すみません。つい」

「ひい、ふう、みぃ〜〜〜、十粒もねえじゃねえか。盗人なんて大げさにいうんじゃねえよ」

松五郎がひょうひょうとした口調で民をいさめ、一粒つまみあげた。

「タネだな……」

松五郎はそのまま口に入れようとした。根っからの菓子職人の松五郎はなんでも目と舌で味わおうとする。

「いけません、旦那さん」

吉はあわてて身を乗り出して松五郎を止めた。松五郎は眉間《みけん》にしわを寄せた。

「これが……かもしれねえってか……」

宝泉寺の水屋にひっそりとおいてあったものなのだ。うかつに口にするわけにいかない。

あいまいにうなずいた吉を見て、松五郎は短いため息をついた。

「お吉、こいつをおれに預けろ。小石川御薬園《こいしかわおやくえん》に知り合いがいる。なんのタネか、わかるかもしれねえ」

松五郎はタネを包んだ懐紙を自分の懐にはさんだ。

その五　ありがた山の時鳥《ほととぎす》

一

半鐘《はんしょう》の音が聞こえた気がして、吉は目を覚ました。吉はじっと耳を澄ました。鐘の音はかすかで、近場ではない。みぃと子猫が脇の下でひと声鳴き、ころんと寝返りを打つ。

春松屋の隠居が気がついてから二日。はじめて見舞いに行ったその晩だった。

隠居はもう床《とこ》についておらず、座敷におかれたこたつに入っていた。かんかんにおこした炭がたっぷり入った大きな火鉢のおかげで、中は汗ばむほど暖かかった。

隠居は吉を見ると「往生《おうじょう》ころりしそこねちまった」と苦笑いを浮かべた。それからぽつりとつぶやいた。

「もう草餅《くさもち》はこりごりだ……土間にでも落としたのか……砂が混じってたんだよ。だが、口に入れたものは飲みこんじまった。具合が悪くなったのはそのせいかもしれん。何を食っても腹痛を起こしたことがなかったのに……」

上《うえ》つ方はともかく、床に落としたものを拾《ひろ》い、手ではらって食べるなど、庶民は日常茶飯事《さはんじ》で、それで腹を壊したということもあまり聞かない。

「まぁ、年だってことだ」

月輪は隠居が倒れて以来、毎日、見舞いに来るという。吉は唇を噛《か》んだ。月輪が悪人だなんて思いたくはない。けれど、宝泉寺で往生ころりをとげた者はみな裕福な商家ばかりだ。お布施がたんまり入るし、盗みに成功すれば手に入るものは破格である。月輪は春松屋を狙っているのだろうか。

「往生ころりにはまだ間があると、月輪様は親切にいってくださってありがたいことだよ。けどなぁ……うちの連中はもう宝泉寺には行くなといって聞かねえ」

吉は思いきって口にした。

「伊勢町の丸和さんのご隠居様と、旅籠《はたご》浜田屋さんの大女将《おおおかみ》さん……ご存じでしたか」

「宝泉寺でずっと一緒だった。ふたりともいい人だったよ」

「そのおふたりの初盆に、どちらのお店も押し込みに入られたって聞いて、私、びっくりしてしまって……」

「何だって⁉　初耳だ」

隠居は身を乗り出した。

「お盆で掛け取りをしたお金を盗《と》られたそうです」

「気の毒に……家人は無事だったのか」

「幸いなことに……」

「……助太郎さんも、美鈴さんも、店第一の人だったから、押し込みのことを知らずに逝《い》けて、それは不幸中の幸いかもしれん……」

隠居はため息をついた。

「春松屋さんも気をつけてください」

「ああ。掛け取りの時期になったら御用聞《ごようき》きに気をつけてもらうよう頼んでおくよ……それにしても丸和さんと浜田屋さんが相次いで狙《ねら》われるなんてなあ、おかしな話じゃねえか」

「……奉行所の人もそう思っているみたいで……」

そのとき、ふすまの向こうから声が聞こえた。

「大旦那《おおだんな》さま、月輪様がおいでです」

「どうぞ、中に」

開かれたふすまの先に、仁王立《におうだ》ちの月輪がいた。

「おや、お吉さんがいらしていたんですね」

ふすま越しに吉の声が聞こえたはずなのに、月輪は思わせぶりにいう。両手を合わせて一礼し、顔を上げたその目はやはり笑っていなかった。


半鐘はまだやまない。

江戸の冬は晴れの日が続き、町全体がからからになっている。風の日には、小さな火事があっという間に広がり、町を焼き尽くすこともある。

びゅーっと風が鳴る音がして、がたがたと油障子《あぶらしょうじ》がゆれた。

吉は父親の留吉と母の菊を十二歳の時に大火事で失っている。半鐘の音が聞こえると、あのときの炎を思い出さずにいられない。

半鐘が遠いので、よもやここまで火事が広がりはしまいが、炎の下で逃げ惑う人のことを思うと不安がふくれあがる。

吉はどてらをはおり、外に出た。

隣の咲も体をすくめながら外に立っていた。

日本橋川の向こうの空が炎でぽつんと赤く染まっていた。

「……大火にならなきゃいいけど」

「今年も終わりだってときに……」

咲のほつれ毛が生き物のように風に舞う。

しばらくして新堀のほうから咲の亭主の鉄造が駆けてきた。

「火元は小網町だ」

逃げてきた人や野次馬《やじうま》で江戸橋はいっぱいだと鉄造はいった。

小網町には宝泉寺がある。


翌朝、吉は真二郎とともに、小網町に向かった。

船着き場に沿い、白壁の土蔵が並んでいた美しい町並みは一変していた。土蔵のほとんどが黒くすすけている。裏に並んでいた長屋の多くが焼け崩れていた。

下駄《げた》を通して、焼かれた大地の熱が下から立ち上り、師走《しわす》の朝だというのに汗ばむほどだ。ときどきじゅっと音がするのは、桶《おけ》を携《たずさ》えた町火消《まちびけし》がくすぶる煙を探し、水をかけて消しているからだった。

廃墟と化した住まいで、呆然《ぼうぜん》と立ちすくむ人々が哀《あわ》れだった。一晩で何もかも失うつらさは、吉にとって他人《ひと》ごとではない。

宝泉寺は柱を何本かだけ残し、きれいさっぱり焼き尽くされていた。

逸早《いちはや》く駆けつけた信者たちは月輪を探していた。

「みんな焼けちまっても、月輪様さえ生き残っていてくだされば……」

だが、月輪の姿はなかった。焼け死んだのではないか。いや、どこかに避難しているのかもしれない。ふんぎりがつかず、信者たちはその場から動けずにいる。

しばらくすると、上田たちが大勢の町火消と御用聞き、下っぴきを連れて現われ、崩れた瓦《かわら》屋根や焼け焦《こ》げた梁《はり》などをどかしはじめた。

「火元はこの寺だそうだ。月輪はどこにいる」

上田が真二郎にいった。真二郎は首を横にふった。

「わからん。みな、往生している」

しばらくして炭になって半分崩れた不動明王《ふどうみようおう》や、焼け残った鐘《かね》が掘り起こされた。改めて悲しみがわき上がったのか、声を出して泣きはじめた信者もいた。

宝泉寺が火元だというのは、良かったようで悪かったようなで、吉は複雑な気持ちだった。

町屋で失火してしまうと、罪が重い。これだけ大きな火事では、火元だけでなく、家主や地主、五人組まで罪が及ぶ。二十日か三十日の押込《おしこめ》は免《まぬか》れないだろう。一方、寺社の失火に対しては幕府の配慮があり、火元となっても罪は七日の遠慮のみと軽い処分で済む。

しかし放火となれば、放火犯には江戸市中引き回し、公開で火焙《ひあぶ》りという残酷な処刑が待っている。下手人《げしゅにん》本人だけでなく、妻や娘が婢《はしため》に落とされ、遠島《えんとう》となったりと、累《るい》は家族にも及んだ。

吉と真二郎は宝泉寺を後にした。思案橋を戻ろうとしたとき、向こうから女の一団が渡ってくることに気がついた。

「妙恵様！」

妙恵と香玉寺に集《つど》っている女たちが、袖《そで》には襷《たすき》をかけ、姉様《あねさん》かぶりで髪をおさえ、鍋や釜《かま》を手に歩いてくる。

焼け出された人や火事の片付けをしている人のために、これから炊き出しをするという。

「お手伝いします」

吉は携《たずさ》えてきた襷を掛け、前掛けをし、手ぬぐいを頭に巻いた。

「男手があったほうがいいだろ。おれも手伝うぜ」

真二郎に、吉は予備に持ってきた襷を渡した。真二郎は一瞬眉《まゆ》を上げたが、あかね色の女物の襷を口にくわえ、慣れた手つきでくるりと回した。

「お似合いですよ」

「よせやい」

あかね色の襷をかけた武家の男を目《ま》の当たりにして、香玉寺の女たちは目をみはったが、数人がかりで持ってきた釜を真二郎がひょいと持ち上げると、みなの口元に微笑が広がった。

土蔵の脇に机を広げ、木桶に釜の飯をあけ、すぐさまにぎり飯作りにかかる。

妙恵は焼け残った家に頼み、かまどを借り、また米を炊《た》いた。吉は女たちと共に、にぎり飯を握り、漬け物を刻《きざ》み、味噌《みそ》汁を作った。真二郎はもっぱら力仕事を引き受けている。

手が空くと、吉は手ぬぐいを水で濡らし、すすで汚れた子どもたちの顔を拭いて回った。そのたびに、「お父さん、いる？　お母さんは無事？」と聞かずにいられなかった。不幸中の幸いで類焼する前に、多くの人が逃げきれたようだった。

「お吉さん。……真二郎さんと働いていらしたんですね。真二郎さんは私の義理の弟なんですよ」

不意《ふい》に声がした。声のする方を見ると、真二郎の義姉のゆりだった。ゆりの視線の先には、湯気を上げる釜を運んでいる真二郎がいた。

「赤い襷なんかして……あれ、あなたのものでしょ？　真二郎さんのあんな生き生きとした顔をはじめて見ました……真二郎さんは私がここにいること知っていたのね」

吉がうなずいた。ゆりは苦笑すると、また人々におにぎりを配りはじめた。

「……はい。たくさん食べてね。まだいっぱいあるから」

「おばちゃん、ありがとう」

ゆりがおにぎりを手渡した女の子がいった。女の子だけでなく、老若男女問《ろうにゃくなんにょ》わず、おにぎりを受けとると、「ありがとう」の言葉が返ってくる。

小さな男の子が「ありがと」といったとき、ゆりの目に涙が浮かび上がった。

ゆりは指で涙をおさえて、微笑《ほほえ》む。

「かわいいわねぇ……うちの子はもう大きくて……ひとりで大きくなったような顔をしてるのよ。手塩にかけて育てたのに」

ゆりは独り言《ひとりごと》のように続ける。

「……もう母親は必要がないのかもしれない……」

「そんな……」

吉は思わず首を横にふった。

「義姉《ねえ》さん、郁馬《いくま》が来てるぜ」

振り向くと真二郎が後ろに立っていた。真二郎に促されて、ゆりが目をやると、同心《どうしん》の上田が、羽織りに平袴《ひらばかま》、裏白の紺足袋《こんたび》とひと目で与力《よりき》とわかる若者を先導して、宝泉寺に向かうところだった。

視線を感じたのか、贅肉《ぜいにく》のついていない細身の若者がこちらを見た。

「郁馬……」

郁馬というのが、若者の、ゆりの息子の名前なのだろう。

ゆりによく似た涼しげな一重まぶたをしている。炊き出しをしている母親と叔父《おじ》に気づき、その目が驚きで見開かれる。真二郎はにやっと笑い、みなに遅れずさっさと行けとでもいうように、手を大きくふった。

「楽じゃなさそうだぜ。見習ってのは、吟味方《ぎんみかた》から例繰方《れいくりかた》、赦帳《しゃちょう》・撰要方《せんようかた》など順番に回ってるというじゃねえか。上田に連れられてここに来たところを見ると、今は吟味方か。火事の現場を見て勉強しろってことだろうな」

郁馬が軽く頭を下げて、みなの後を追う。真二郎が腕を組んだ。

「郁馬は兄貴と同じ、吟味方与力になりてぇんだろ。だが、必ずそうなれるとは限らねえ。吟味方を希望する者は少なくねぇからな。毎日覚えることもいっぺえあるし、先輩の与力にも気を遣う。希望を通すためにいいとこも見せねえとならねえ。……家でぶす〜っとした顔をしたり、ぶっきらぼうな物言いをしたり……生意気《なまいき》だと思わねえこともねえが、あれはな、甘えてるんだ」

「甘えてる？」

ゆりが振り向いて真二郎を見た。真二郎は盆《ぼん》の窪《くぼ》に手をやり、頭をかいた。

「ああ。郁馬にとっていちばん気を許せるのは母親だから……くたびれた顔も見せるし、やり場のねえ気持ちも態度に出しちまう。やられるほうはたまんねえけどな。だが、受け止めてもらえるって郁馬は心のどこかでわかってるのさ。外で気を張っても、家に帰りゃ、甘えさせてくれる母親がいる。それでがんばれるってとこもあるんじゃねえのか」

ほろほろとゆりの目から涙がこぼれ落ちる。

「……まだ母親として……私にもやれることが……」

真二郎がうなずく。

「おばちゃん、泣いてるの？　火事で家、焼けちゃった？」
五、六歳くらいの女の子がゆりを心配そうにのぞき込んだ。
「ううん、そうじゃないの。目にごみが入っちゃって……おじょうちゃんの家はだいじょうぶだった？」

「うちはね。でもお隣の長屋が焼けちゃって。とうちゃんもかあちゃんも片付けの手伝いに行ってるの」

「おにぎり、食べる？　おとうさんとおかあさんの分も持って行く？」

「もらっていいの⁉　ありがとう」

「いいえ、どういたしまして」

ゆりは指で涙をおさえる。

「いつか郁馬も……ありがとうっていってくれるかな……」

「口に出さねえだけでいってるよ、今も」

「真二郎さん、優しいのね。……ありがとう」

「ありがとうって、嬉《うれ》しい言葉ですよね」

吉がつぶやくと、ゆりがまぶしそうに目を細めてうなずいた。

月輪は見つからなかった。火事から二日後、吉は上田と真二郎に呼び出された。

「月輪は、生きていれば九十五にもなる坊主だとさ」

自身番《じしんばん》に着くなり、待ち構えていた上田はいった。

「九十五歳⁉」

宝泉寺の住職として記されていたのは九十五歳の月輪だったというのだ。

「やつは月輪の名前をかたって宝泉寺を手に入れたんだろう。檀家《だんか》がいる寺ならそうはいかねぇが、寺あって墓なしの祈禱寺《きとうでら》だ。うるせえことをいうやつはいねえ」

菓子職人・竜二の息子、秀太郎のこともあらかたわかったという。

秀太郎は行徳で漁師をしていた父方の伯父・寿一に引き取られたが、寿一はすぐに秀太郎を近くの石願寺《せきがんじ》という寺の住職に預けた。

「体《てい》よくお払い箱にしたんだろう」

「でもお寺ですから、修行を……」

　上田は手を横にふった。

「その寺では行き場のない子どもたちを何人も集めていやがった。坊主にとって子どもたちは金づるでな、年頃になるとみな売り飛ばす。娘は岡場所《おかばしょ》、男は一生下働きだ」

　吉は絶句した。

　売りものになるまでの扱いもひどいものだった。朝は暗いうちに起こされ、寺の掃除、畑仕事、森の手入れと、子どもたちは息をつく間もなく働かされた。病気になっても放っておかれ、命を落とす子どもも多かったという。

　秀太郎は何度も脱走を試みたが、そのたびに連れ戻され厳しい折檻《せっかん》を受けることになった。

「坊主になぐられても、木にしばりつけられても、秀太郎は泣き声ひとつあげなかったそうだ。……乳臭いガキじゃねえ。秀太郎は六つやそこらで、大人も顔負けの根性が据わっていたんだ。おまけに、門前の小僧よろしく、坊主の読経《どきょう》を聞いただけで、あっという間にみなそらんじてしまったらしい」

　畑仕事をしながら経を読んでいた秀太郎を、覚えていた村人は多かった。その聡明《そうめい》さは村でも評判になったらしい。

あるとき、村に旅の一座がやってきた。軽業《かるわざ》が売りで、長い竹竿《たけざお》の上で曲芸をする男や綱渡りをする娘に、村人は喜び、一座は数日にわたり、庄屋の屋敷と石願寺に逗留《とうりゅう》した。

「その一座が村を去った日、庄屋の主《あるじ》も石願寺の住職も泡を食った。隠し持っていた金がすっかり消えていたんだとさ」

一座は村にいる間に、それぞれの金の隠し場所を探っていたのだろう。消えたのは金だけでなかった。秀太郎も共に消えていた。以降の一座の行方はようとして知れず、盗み仕事を終えて姿を隠したものと思われた。

「秀太郎が一味にかどわかされたという話も出たが、そうではないという結論に至った」

「一座に入ったというのか。子どもなのに……」

「住職が寝ていた枕のすぐ上に、短刀が突き立てられていたそうだ。木々の枝をはらうときに秀太郎が使っていた短刀だ」

いつでも殺せるという意志を秀太郎はそれで住職に教えたのだろう。住職は震えあがった。がんぜない子どもがすることではない。上田は話を続ける。

「一座の座長は徳治郎という名で、穏やかな顔をした金壺眼《かなつぼまなこ》の男だったそうだ」

吉と真二郎は息を呑んだ。

「暗闇徳治郎……か」

上田が真二郎にうなずく。

「月輪、いや、秀太郎はその仲間に……」

「おそらく。丸和と浜田屋の盗みも秀太郎だろう」

幼い頃に秀太郎が住んでいた内藤新宿で、暗闇徳治郎が捕まったのも偶然ではなく、土地勘のある秀太郎が用意した隠れ家だったのかもしれない。

上田たちは、月輪こと秀太郎の行方を追い、内藤新宿や行徳などゆかりのある地に連絡を入れ、目を光らせているという。

「高飛びすることも考え、周到に準備もしていたかもしれん。いや、していたはずだ、奴ならな」

暗闇徳治郎一味の金だけでなく、宝泉寺で受けとった多額の布施《ふせ》、丸和と浜田屋から奪ったものもあり、隠れ家のひとつやふたつ持つのも難しいことではないと上田は苦い顔になった。

それからまた二日して、民と松五郎が風香堂にやってきた。

「ちょいと、失礼いたします」というなり、民は階段をばたばた上ってきた。

「民！　仕事場だ。中に入っちゃなんねえ。お吉を下に呼んでもらえって」

松五郎は下で声をあげている。

だが民は光太郎や真二郎、絹やすみにまで「いつもお吉がお世話になりありがとうございます」と深々と頭を下げ、吉のそばに駆け寄ると、袖をつかんだ。

「お吉、驚いちゃいけないよ。あれ、イチイのタネだって」

民の目は見開かれ、口から泡を噴かんばかりだ。

松五郎に預けた小粒のことだとぴんときた。宝泉寺の水屋の奥にあった茶壺におさめられていたものである。

「イチイの……」

吉の体がざわっと震えた。

毒だ。

月輪は草餅にイチイの実の毒をしこみ、往生ころりを自作自演していたことが、これで明らかになった。信者たちは、あろうことか、目の前で殺しが仕込まれるのを目撃させられていたのだ。

「お吉、松五郎さんにも上がってもらえ」

光太郎に促され、吉は階段をかけ下りた。膝《ひざ》がかくかくしている。

「申し訳ありやせん。お仕事中にお騒がせしやす」

二階に上がってきた松五郎は小さくなって、民同様、みなに丁寧に挨拶《あいさつ》する。

光太郎は、松五郎と民のために自分の長火鉢の前に自ら座布団を敷いた。ふたりは旧知の間柄でもある。

松五郎はそばに座った光太郎と真二郎にもわかるように、最初からもう一度話しはじめた。

吉が宝泉寺の水屋にあった茶壺からつまんできたものを、松五郎が小石川御薬園の知り合いに見せたところ、今朝《けさ》になって知らせがきたという。松五郎は懐紙《かいし》の包みを広げた。

黒みがかったタネ、イチイのタネだ。

「薬研《やげん》ですりつぶせば、きなこやあんこに混ぜられねえこともねえ。ただ舌触りはいいとはいえねえな。ざりざりいいそうだ。味も違ってくるはずだ」

春松屋の隠居は、その日食べた草餅を、土間の上にでも落としたのか砂が混じっていたといっていた。

「宝泉寺の菓子は小せえんだろ」

「ええ。内藤新宿の若松の菓子と同じくらい」

「住職の父親《てておや》がそこの職人だったといってたな。ひとくち、ふたくちで食ってしまえる菓子……味が違うと思っても、勢いで食べてしまえる大きさ……か」

松五郎が腕を組んで、ため息をつく。

往生ころりを引き起こしていたのは、このタネと考えてよさそうだった。けれど、宝泉寺は燃え、茶壺も灰になってしまっただろう。せっかく松五郎が調べてくれても、もはや証拠にはならない。

たとえ、月輪が捕まったとしても、知らぬ存ぜぬに徹すればしまいだ。

でも、それでは死んでしまった者たちが浮かばれない。ことに自分が死ぬことを望みもしていなかった関寿など、命をただ利用されただけになってしまう。

松五郎と民は、話を終えると「お邪魔しました」と帰っていく。吉はふたりを送りに、外に出た。吹く風は骨をさすほど冷たかった。

「旦那さん、おかみさん、ありがとう。お手数おかけしました」

「お吉、決して危ないことをしたらいけないよ」

心配性の民が眉をひそめる。

「大丈夫。もう月輪、ううん、秀太郎は逃げてしまっているもの。危ないことなんて起こりっこないから」

「帰りに寄っとくれ。うまいものを用意しとくよ」

「お吉は汁粉《しるこ》も好きだったな」

松五郎が目を細めた。

「お吉、おめえがやることはわかってるな」

風香堂に戻ると、光太郎が思わせぶりにいった。ついに来たと吉は唇《くちびる》を嚙んだ。

「宝泉寺の顚末《てんまつ》を書け。往生ころり、毒草餅、かたりの坊主、暗闇徳治郎の一味……これは売れるぞ」

げはははと下品に笑う。もうかると思った途端《とたん》、光太郎の口元がゆるんでしまうのだ。

しかし、すべては憶測《おくそく》だ。月輪も捕まっていない。

この段階で、書いていいのだろうか。

宝泉寺にあったイチイの実のことを上田に伝えに行くという真二郎と一緒に、

吉が風香堂を後にしたのは、ひろに会いたいと思ったからだった。関寿を慕《した》っていたひろは、関寿とふたりで通っていた宝泉寺が焼けてしまった今、どうしているのだろう。

伊勢大黒は、富沢町にある。

「そちらさまは？」

客ではないとわかると、伊勢大黒の小僧は愛想《あいそ》笑いをひっこめ、のぞきこむように吉を見た。

「宝泉寺でお目にかかった吉と申します。おひろさんにお取り次ぎいただけませんか」

「お待ちくださいませ」

小僧は奥に駆けていく。しばらくして、ひろが出てきた。華やかな友禅《ゆうぜん》をまとい、きれいに髪をなであげ、口元には紅《べに》をさしている。いくら呉服屋の娘とはいえ、着物は派手すぎた。きちっと着付けていても、どことなく崩れた感じがするのはそのせいかもしれない。

「あ〜、覚えてる。背が大きいから。で、何のご用？　あたし、忙しいの」

まるで子どものような話し方だ。ひろは手に持った洒落《しやれ》た巾着《きんちやく》をくるりと手首だけで振りまわした。腕にはえんじ色の襟巻《えりま》きをかけている。

「宝泉寺が火事になってしまって」

ひろの顔色が変わった。

「えぇ、すごい火事だったわよね。こっからも見えたの。びっくりしちゃった」

「火元は宝泉寺だそうです……関寿さんのお墓もわからなくなって」

「そうなの、丸焼けですって。月輪様もお気の毒だわ」

「ご心配だと思って……」

「ええ。ほんとに悲しいことですよ」

「月輪様も行方知れずで……まさかとは思いますが」

「どこに行かれたのかしらねぇ。疑われているって聞きましたよ。でも自分のお寺に自分で火をつけるなんて、いくらなんでもねぇ」

うかがうようにひろは吉の目を見た。それからしゃらりといってのけた。

「でも起きてしまったことはしょうがない。生き残った者は生きていかなくちゃなんないもの。お話はもういいかしら？　ちょっと出かけますので」

ひろは下駄をはくと、吉の横をすりぬける。

関寿のことはもうひろの頭の中にないようだった。その死からまだひと月もたっていないのに。

「おひろさま、お待ちください。お出かけはおやめください。おひろさまがひとりで外に出られると、あたしが旦那さまから叱《しか》られてしまいます」

奥から女中が走ってきた。くるりとひろが振り向く。

「やかましい。好きなことをしてどこが悪い？　私についてきたりしたら、おまえなんかお払い箱だ。脅《おど》しじゃないよ。徳佐衛門にはそう伝えておくれ」

一気にまくしたてたひろに気圧《けお》されたように、女中が立ちすくむ。そのすきに、ひろは襟巻きを肩にかけて、店から外に出た。

激高《げっこう》したひろの気性の激しさには驚くと同時に、そこまでして行こうとしているのはどこなのか興味がわいた。吉はひろの後を追った。

栄橋《さかえばし》を渡り、久松町《ひさまつちょう》に入り、ひろは角の総菜屋でお菜《さい》を何種類かといなり寿司を買い、巾着から出した風呂敷に慣れた手つきで包んだ。酒屋にも寄り、通い徳利《とっくり》を抱きかかえて出てきた。派手な着物と一升入りの通い徳利がちぐはぐだが、ひろは気にする様子もない。

食べ物と酒を抱えてひろは歩いていく。通塩町《とおりしおちょう》の通りに出るとひろは東に折れた。

商家の町並みが続いている。

ひろは一度も振り返らなかった。吉が尾《つ》けていることなど思いもよらないのだろう。

そして突然、通りを左に曲がった。行き止まりに小さな家があり、ひろはまっすぐその中に入っていく。

門も庭もない家で、玄関が通りに面している。

いったいここに誰が住んでいるのだろう。総菜も酒も手土産《てみやげ》に違いない。

吉はその家に近づき、耳をすました。

中はしんと静まりかえっている。突然、男の歌声が低く聞こえた。

『若紫に十返りの　花をあらはす松の藤浪
　人目せき　笠塗笠しやんと　振りかたげたる一枝は
　紫深き水道の水に　染めてうれしきゆかりの色の
　いとしとかいて　藤の花
　しよんがいな　袖もほらほら　しどけなく』

長唄《ながうた》だった。『藤娘《ふじむすめ》』の一節だ。玄人《くろうと》はだしのいい声に、どこか聞き覚えがあった。

「おひろさまの踊りはいつ見ても美しい。さながら天女の舞ですな」

「んまぁ、お上手おっしゃって」

「ほんとですよ。嘘《うそ》はいわない。仏様に誓って」

けらけらとひろが笑う。

「そういえば、さっき読売書きの女が家にきて、関寿のことを持ち出したのよ」

「関寿さんのことを？」

「関寿は往生ころりなんか願ってなかったけど、罰《ばち》があたったのよね。宝泉寺でおばあさんたちと踊って金儲けなんかしようとしたから」

「仏様はすべてお見通しですから。こんな艶《つや》っぽいおひろさまを放って、ばあさまたちと踊る関寿さんの気が知れなかった……」

ぼそぼそと声がする。いったい誰の声だろう。

「明日も来てくださるんですよね」

しばらくして男がねっとりといった。

「来たいんだけど……いったでしょ、店で大口の掛け取りがあるって。だから家の者は、明日は家にいなきゃダメなのよ」

「そこがわからない。なぜ家に居続けなければならないのか。おひろさまは店の仕事をなさっていないのに」

「それはそうなんだけどね。大金が家に集まってくるんだもの。雇い人や家人が出入りするのに紛《まぎ》れて、押し込みが入ってきたら大変じゃない。だから大口掛け取りの日の出入禁止は我が家の代々の家訓なの。ばかばかしいっていっちゃ、ばかばかしいんだけど。明日だけは我慢しないと……」

「まじめなんですね、あなたは」

「そうかなぁ」

「会えないと思うだけで、わたしは気がおかしくなりそうだ」

「今、こうして会っているのに？」

「会えば会うほど会いたくなる。わかるだろ」

「うふ……気がおかしくなるとどうなるの？」

「こうだ！」

がさっとものが倒れる音がして、「きゃっ」というひろの声が続く。

吉は顔を赤らめた。もうこんな話を聞くのはよしにしようときびすを返したとき、玄関の戸に軽くひじが当たった。がたっと戸が音を立てる。

「誰だ！」

誰何《すいか》する男の声が響き、吉はあわてて通りに出た。動転しながら天水桶《てんすいおけ》の陰に身をひそめた。男は通りまで出てきた。顔はわからないが、その姿に見覚えがある。

月輪だった。十徳《じっとく》を着た月輪が通りに立っていた。

翌日の深夜、捕物の末、月輪は捕まった。

あろうことか、ひろが伊勢大黒の裏門の鍵と勝手口の閂《かんぬき》をはずして、手引きしたのだ。ひろは月輪が自分の部屋に忍んでくると思っていたらしい。

しかし、月輪は主・徳佐衛門の部屋にまっすぐに行き、蔵の鍵を出すようにせまった。

上田たちがなだれこんだのはそのときだった。情報をもたらしたということで、吉もその一団の後ろに続いた。吉の守り役として真二郎がすぐそばに控えてくれている。

捕り物装束《しょうぞく》の上田たちに囲まれ、月輪は刀を抜いた。

「何してるの！　月輪様！」

異変に気づいたひろが部屋の中に飛び込もうとしたとき、真二郎はひろの手首をつかんだ。同時に、上田の剣が月輪の刀をはねあげた。

月輪が暗闇徳治郎の一味だといっても、ひろは信じなかった。縄をかけようとした小平次たちを止めようと必死になった。真二郎が手首を握っていなかったら、月輪にすがりついていただろう。

「間違いです。月輪様は間違ったんです。よりにもよって徳佐衛門なんかの部屋に入っちゃって……。こんな風に捕り物装束で囲まれたら、剣だって抜きますよ。黙ってたら殺されちゃうかもしれないもの。月輪様は関寿を亡くして悲しんでいた私を、一心に慰《なぐさ》めてくれて……その上、寺の火付けの犯人にされて、隠れ住むしかなくなって、今夜は私のところに……月輪様、そうですわよね」

「その通り。今晩、私はただおひろさまをお慰めするために伺ったまで。のう、おひろさま」

後ろ手にしばられても月輪は粘っこい声でいう。

「往生際が悪いぜ。貴様もこれまでだ」

上田がいった。御用聞きの小平次が月輪をひっくくっていく。

ひろは真二郎の手を振り払い、小平次にむしゃぶりついた。

「だめ、連れて行かないで」

「姉さん、目を覚ましてください！」

徳佐衛門がひろの肩をつかんで引き離す。ひろは泣き崩れた。

二

ぴ～ぴ～、金糸雀《カナリア》が盛大に鳴いている。

「籠《かご》がきれいになって、鳥たちも気持ちがいいんだなぁ」

馬琴は満足げにいった。

金糸雀の世話をしながら、吉は、月輪の一件を馬琴に話した。口を開けば悪口《あっこう》雑言《ぞうごん》ばかりが飛び出す馬琴だが、意外なことに聞き上手でもある。水入れを洗いながら、イチイの毒を草餅に混ぜて人を殺していたと考えられること、粟《あわ》のえさを足しながら、伊勢大黒に月輪が押し込みに入ったところを上田たちが捕らえたことなど、吉は馬琴に問われるままに洗いざらい語った。

馬琴は大福餅《だいふくもち》をつまみあげた。翠緑堂の勇吉が作った大福餅だ。吉は馬琴に湯飲みを黙って差しだす。大福餅にかぶりつこうとして、馬琴は吉を見た。

「おめえも食え。って、おめえが持ってきたもんだけどな」

「はい」とつぶやいた途端、吉からため息が漏れた。

「何、浮かねえ顔してやがるんだ。月輪のことは片付いたってのに。眠てえのか、腹減ってねえのか」

馬琴は大福餅を皿に戻した。

ふうっとまた吉から息が漏れる。二十五歳の女に腹減ってねえのかはないだろうと思うが、今はそれに食いつく気にもなれない。

「……旦那さんが、さっさと書けっていうんです……」

吉は小さな声でつぶやいた。

月輪が捕まったのは昨晩深夜。ほとんど寝ずに朝、風香堂に行くと、光太郎は満面の笑みで今日中に月輪の事件をまとめろと厳命した。

「読売《よみうり》は早さが命だ。書くしかねえだろ」

ぱくりと大福餅を嚙み、馬琴はぐびりと喉《のど》を動かす。

「どこから書けばいいのか、どこまで書けばいいのか。わかんなくて」

「まず書いてみろ。書いてるうちにわかる」

同じことを、光太郎もいっていた。だが、書けない理由は他にもある。

布施を集めるために草餅に毒をしこみ往生ころりをしたてていた月輪、往生ころりで多額の布施を出した家に狙いをつけ押し込みに入った月輪、甘い言葉でひろを誘惑して利用していた月輪……それが父親が作っていた菓子を、記憶を頼りに作っていた月輪と同じ人間だと、吉にはやっぱり思えない。

しかし、春松屋の隠居たち信者から寄せられた信頼に、月輪の心はゆらぎもしなかった。笑顔で相対した人を情け容赦なく、殺した。その人殺しは月輪にとって押し込みに入るための手段だった。

ひろは月輪が引っ立てられた後も納得せず、今朝になって向島の寮に連れて行かれたという。悪くすると、ひろは月輪と共謀したとして、罪に問われかねず、そうなれば伊勢大黒にも処分が下りかねない。ひろの乱心とすることで、なんとか事をおさめ、ほとぼりが冷めるのを待ちたいというのが徳佐衛門の意向《いこう》だろう。

浮かばれないのは関寿だ。往生ころりなど望んでいなかったのに殺された。そのあげく、自分を殺した男は、慰めるふりをしてまんまと女を取り込んだ。ひろを金づるにしたという点では似てないこともないが、関寿は、人は殺さなかったし、盗みにも手を染めなかったというのに。

春松屋の隠居は、月輪の本当の姿を知ったらどう思うだろう。宝泉寺の焼け跡で懸命に月輪を探していた信者たちはだまされたとほぞを嚙むだろうか。裏切られたと怒るだろうか。

「月輪にとっちゃ、人を丸め込むのは赤子の手をひねるようなもんだったろうな」

「先生ったら、まるで、信じたほうがばかみたいに……」

口を尖《とが》らせた吉を、馬琴がぎらりとにらむ。

「往生ころりなんてまことしやかな口当たりのいい言葉を考えやがって……おれははじめっから、月輪はうさんくさいと思ってたぜ。ありゃあ、まじない師だ」

「まじない？……」

「月輪は信じる者が救われるっていう思い込みを利用したんだ。世の中には、疑うってことを知らず、他人のいいなりになりたがる人間がうじゃうじゃいる。見たいものしか見ねえやつらよ。月輪はそいつらが見たいものを見たいように見せてやったんだ」

「見たいものしか見ない……」

「自分を善人だと思い込んでいる人間がいちばん危なっかしいんだ。他人もてめえと同じで悪事に手を染めたりしねえと思い込んでやがる。この世の中には何の因果か根性がねじくり返り、平気で人をだましたり殺したりする輩もいるってのを認めることができやしねえ。いちばん悪いのは月輪だがな。四の五のいわず、まずは書け。どう書けばいいかわからんときには、情を抑えて、起きたことを淡々《たんたん》と書け。書いている中で見えてくることもある。以上」

馬琴はもうひとつ大福をつかむと、奥にひっこんでいく。

ひとり座敷に残された吉は自分の前におかれていた大福を手にすると、大きく口を開けてばくっと食べた。あんこの甘さが口いっぱいに広がり、体に染み渡る。

夕方までの間に、書き上げられるだろうか。またひとくち、食べる。餅は歯ごたえがあり、あんこはなめらかで舌触りも申し分ない。また吉の体に力が戻った気がした。

宝泉寺で何が起きていたのか。人々を集め、動かしたのはどんな人物だったのか。

そこから書きだそうと思った。

――小網町の大火事、覚えてるかい？

一年の締めくくりの月だってのに、丸焼けになった長屋は七棟。しもた屋は十二軒。

日本橋川沿いの白壁の倉庫も真っ黒にすすけてあわれなもんよ。

火元は宝泉寺。

知る人ぞ知る往生ころりの寺だ。

長く寝付くことなくころんと死んじまえば苦しい思いもしねえで済むってんで、善良なじいさんとばあさんがこぞって集まっていた。

そううまくいくもんかって、兄さん、今いったね。

確かに虫がいい話ではある。けど。それがうまくいっちゃうんだな。

往生ころりを成就したのが一年で十人はくらだねえってんだから、霊験《れいげん》あらたか、住職の法力はただもんじゃねえと大評判！

そんな中で起きた、あの火事。

火をつけたのは、宝泉寺のその住職・月輪ってんだから驚くじゃねえか。

だが、驚くのはまだ早い。

この月輪、ただの坊主じゃなかった。

往生ころりというふれこみで、毒を仕込んで人を殺すは、金がありそうな信者の家に押し込みに入るは、やりたい放題。

とんでもねえ業晒《ごうさら》しだったんだ！

おまけに、歌舞伎《かぶき》役者もかくやという美男子ときやがってる。

さぁ、読んどくれ！　この一件を詳細に書いているのはうちだけだ――

読売りに人々がわっと群がっているのを見て、吉はほっと胸をなでおろした。

「この読売は暗闇徳治郎が荒らし回った関八州でも売り出す」

傍《かたわ》らの光太郎がにやっと笑う。

上総《かずさ》、下総、安房《あわ》、下野《しもつけ》、相模《さがみ》、常陸《ひたち》、上野《こうずけ》、武蔵《むさし》……江戸から遠く離れたところで、自分が書いた読売を読んでくれる人がいるなんて、吉は信じられない気がする。

真二郎の絵も迫力があった。整った顔立ち、涼しげな目、意志の強さを物語る口元……真二郎は月輪をこの上ない美男に描いた。これなら人はだまされても仕方がないと思わせる姿だった。

光太郎が吉の肩をぽんと叩く。

「でかした、お吉。これからは風香堂の屋台骨の一本としてがんばってくれ」

吉は虚《きょ》をつかれたような表情になった。光太郎がうなずく。

「今日限り、見習いは返上だ」

「これからは風香堂のちゃんとした書き手……あたしが」

やっと一人前として認めてもらえた。出発点に立つことができた。吉の目頭が熱くなる。

「ああ、頼むぞ」

光太郎は皆の前で、吉の見習いがとれたことを改めて宣言した。

「よかったな。晴れて風香堂の書き手だ」

真二郎が吉の目を見てうなずく。

「はじめのころはいつ逃げ出すかと思っていましたが、どんどんしぶとくたくましくなって……あなたの記事を読むのがいつしか楽しみになっておりました。おめでとう、お吉さん。でも私、あなたに負けませんから」

絹もまた目に笑みをたたえ、そういってくれた。

「旦那さん、あたしの見習いはいつはずしてもらえるんですか。ひとりだけ見習いがついているなんて、いやなんですけど」

口を尖らせたのはすみだった。絹は目の端ですみをにらみ、真二郎は天井を見上げ、ため息をつく。

「おめえはまだまだだ。口を閉じて精進しろ」

光太郎がばっさり切り捨てた。

月輪は日本橋の三四の番屋に移された。意外なことに、取り調べには素直に応じているらしい。口書きに爪印を押せば、小伝馬町《こでんまちょう》の牢屋敷に収監される。

翌日、月輪の裁きが決まったと上田から知らせが来た。市中引き回しの上、火刑という重い処罰だった。

厳しい処分は免れないとわかってはいても、吉は月輪をあわれに思わずにはいられなかった。親が生きていたら、月輪には菓子職人の道があった。修行もなしに完璧な菓子を宝泉寺で作っていた月輪の姿を思うと、運命の残酷さを感じずにはいられない。

だが意外な展開が待っていた。

真二郎が描いた月輪の絵に魅せられ、美しい悪党をひと目見たいという娘たちが牢屋敷にどっと押しかけたのである。

牢の中は無法地帯だ。若く美しい新入りなど、やっかみも重なり、格好の餌食《えじき》となりやすい。体が立たないほど痛めつけられることだってざらで、始末されることもある。始末されれば病死としてひっそり処理されるのだが、読売を賑《にぎ》わして、娘たちが押しかける事態まで引き起こし、市中引き回しに人垣ができそうな月輪に万が一のことがあれば、牢奉行の威信《いしん》は失墜《しっつい》する。

本来なら最も治安の悪い西大牢に収容されるはずだったが、月輪は二間牢に単身入れられた。

そして刑の執行の三日前の晩、牢屋敷のすぐ近くの廃屋から火が出た。強い風にあおられ、またたく間に類焼し、猛火は牢屋敷に迫らんばかりとなった。

「赤猫《あかねこ》だ。焼け死んじまう」

「助けてくれ」

牢内は阿鼻叫喚《あびきょうかん》と化した。

牢奉行は逡巡《しゅんじゅん》の末、囚人を火から救うための「切り放ち」を行なうことを決断する。「切り放ち後に戻ってきた者には罪一等減刑、戻らぬ者は死罪」と言い渡し、牢屋敷から囚人全員を逃がした。

案の定《あんじょう》というべきか、月輪は戻らなかった。

光太郎は、月輪の逃亡も読売に書くように吉に命じた。

その日、吉は真二郎に誘われて、神田明神の歳の市に来ていた。武家や大店《おおだな》の主人が奉公人を引き連れて繰り出す浅草の歳の市と異なり、神田明神の歳の市には女房や娘の姿も多い。

月輪が牢屋敷から逃げてから十日ほどたっている。牢屋敷の火事と月輪の逃亡をまとめた読売も、真二郎の絵のおかげもあって大評判だった。

月輪が逃げたあの晩、火事の出どこが牢屋敷近辺と聞いて、吉はいてもたってもいられず、日本橋川の川岸まで行った。闇の中に赤い炎が見える。場所が場所だけに川岸には野次馬がいっぱいだった。

まもなくして海賊橋のほうから怒鳴《どな》り声が聞こえた。

「切り放ちだ！」

「女子どもは家に戻れ」

「囚人が逃げてくるかもしれねえ」

はっとしてきびすを返そうとしたとき、吉の肩に手がおかれた。

「やっぱ、ここだったか。家にいねえから探したぜ」

顔を上げると真二郎が立っていた。肩で息をしながら、白い歯を見せる。

小伝馬町が火事になったと聞き、吉はどうしているだろうと、真二郎は吉の長屋まで走ってきたという。

「長屋のおかみさんから、おめえが日本橋川のほうに行ったと聞いて追いかけてきたんだ。無鉄砲《むてっぽう》だぜ。女ひとりじゃ物騒《ぶっそう》だろ」

家に戻ろうとする人と火事見物に押しかける人がごった返しはじめる中、真二郎ははぐれぬように吉の手をしっかりとつないだ。

「おおっ!」

人の驚く声が聞こえ、振り向くと、火の粉をまき散らしながら炎がひときわ高くなったのが見えた。その瞬間、吉はするりと真二郎の手を離し、しゃがみこんだ。両親を奪った火事の激しい炎が不意に蘇った。

「どうした」

すぐさま両肩に手をおき、真二郎が吉を抱き起こす。吉は涙ぐんでいた。

「ごめんなさい……恐くなっちゃって……」

「震えているじゃねえか……おぶってやろうか。あの晩みたいに」

吉を元気づけようとしたのだろう。真二郎は茶化すように付け加えた。

次の瞬間、真二郎が手をつかみ、そのまま吉をぎゅっと抱き寄せた。

「震えが止まるまで、こうしてるよ」

真二郎の大きな体に、吉はすっぽりと包まれた。吉はおずおずと真二郎の胸に頬《ほお》を寄せた。真二郎の体のぬくもりが伝わってくる。なんて温かく心地よいのだろう。不安な気持ちが溶けるように消えていく。真二郎は背中に回した手に力をこめた。

その晩、ふたりは他人ではなくなった。

明神様に手を合わせ、吉と真二郎は歳の市の小屋がけの出店をひやかして回った。

「お吉は、羽根つきは好きか？」

不意に真二郎がいった。吉は首を横にふる。子どものころから松緑苑で働き、正月も弟妹の世話に追われ、羽根つきなどしたことがない。そういうと、真二郎は驚いたように目を丸くした。

「次の正月にはやってみろよ。おもしろいぜ」

「真二郎さんは男なのに羽根つきするんですか」

「義姉上が羽根つきが得意で、最初は無理矢理やらされたんだ。これが案外、おもしろくて、正月の楽しみといや、凧《たこ》あげと羽根つきになった」

武張った家の庭で、女相手に羽根つきに興じる真二郎の姿を思い浮かべて、吉はくすっと笑った。

それから真二郎は羽子板《はごいた》を物色《ぶっしょく》しはじめた。羽子板屋には板に直接絵を描いた「描絵《かきえ》羽子板」、紙や布を張った「貼絵《はりえ》羽子板」、綿を布でくるんで、立体的な絵柄を仕上げた「押絵羽子板」がずらっと並んでいた。

真二郎が指さしたのは、烏帽子《えぼし》に狩衣《かりぎぬ》姿の美しい娘の押し絵がついた羽子板だった。汐汲《しおくみ》の絵柄だ。

「これなんかどうだ」

「すごくきれい。でも押絵羽子板なんて……」

「それと、羽根つき用にこっちも」

吉のとまどいにはかまわず、真二郎は七福神が描かれた描絵羽子板にも手を伸ばす。

「七福神巡りの記事を書いたお吉にぴったりだろ。汐汲のほうは家に飾ればいい」

「こんな高価なもの……わたし、もうこんな年だし」

飾り羽子板はもっぱら女の子誕生のお祝い用のものなのだ。

「いいじゃねえか。今年は、お吉は書き手になった年。生まれたての書き手だ。そのお祝いだ」

遠慮しまくったのに、真二郎はおもちゃの絵の代金が入ったからと、大枚《たいまい》を切った。

真二郎から渡された飾り羽子板を手にしたとき、吉は嬉しくて涙ぐみそうになった。両親が吉に買ってくれた小さな羽子板があったことを不意に思い出す。桜と菊、ぼたんなど四季の花が描かれた愛らしい羽子板だった。あの羽子板は燃えてしまったけれど、これからは真二郎にもらったこの羽子板がある。

師走も半《なか》ばを過ぎ、正月事はじめがはじまっている。美しい押絵羽子板が置かれた部屋を思い浮かべるだけで吉の心がほんわり温かくなる。子猫がいたずらをしないようにだけは気をつけなくちゃとも思う。子猫は今、昼は咲の家、夜は吉の家を住みかにしている。

ただ、羽根つき用の描絵羽子板の出番はないかもしれなかった。長屋の子どもたちの羽根つきに混ぜてもらう勇気は出そうにない。

「ついでに、松島神社に行きませんか」

吉がいった。松島神社は七福神巡りでも紹介した大黒神を祀っている神社だ。松島神社の破魔矢《はまや》は御利益《ごりやく》があると知られている。羽子板のお礼に、真二郎に破魔矢を買いたかった。

真二郎はうなずき、吉の顔をのぞきこむ。

「あっこの帰りにそばをたぐるってのはどうだ」

「お団子も食べましょうよ。この間、美味しい店を見つけたんです」

昌平橋を渡り、本銀町三丁目の角を東に曲がり、小伝馬町にさしかかると、牢屋敷のほうから金槌を叩く音やかんなを削る音がした。牢屋敷は一部が焼けただけで済んだが、戻ってきた囚人をまだ収容することはできず、再建のための普請《ふしん》が急ぎ進められている。

「月輪さんの行方はまだわからないんですよね」

「上田たちは必死で追ってるが……」

役人に袖の下を渡し、月輪に面会した女がいて放火を手引きしたとか、坊主頭の男が炎の中で笑っていたとか、さまざまな噂は流れているが、すべて憶測にすぎない。

「あら、お吉さん」

声をかけてきたのは妙恵だった。大勢の女たちとともに、今日も長屋に食べ物を届けている途中らしかった。

「牢を出た月輪こと秀太郎があの日、炎を見ながら笑っていたのは本当よ」

いきなり妙恵はいった。

「ご覧になったんですか」

「見たというより……見えたの。あやつは、しばらくの間江戸に戻ってこないでしょう。でもいつか必ず戻ってきます。そのときには、お知らせいたしましょう。これ以上、悪事を重ねるのを止めなくてはなりません」

真二郎はぽかーんとして妙恵を見ている。妙恵が人相見でもあることは伝えていたが、これほどまでとは思ってもいなかったらしい。

そのとき、女たちの中から真二郎を呼ぶ声がした。ゆりだ。真二郎は妙恵に一礼すると、ゆりのほうに駆け寄る。

その姿を目で追った吉を、妙恵はじっと見つめ、微笑んだ。

「よかったわね、お吉さん。一緒に歩いていける人とようやく巡り会ったのね」

吉は頰を赤く染め、ゆっくり妙恵にうなずき返した。

松島神社でお参りを済ませ、吉が真二郎に破魔矢を買うと、真二郎も意外なほど喜んだ。破魔矢を人に買ってもらうのは、真二郎もはじめてだと笑った。

吉の羽子板と破魔矢を肩にかけるように持ち、真二郎はもう一方の手で吉の手を握りながら歩き出した。

「正月にはうちに来ねえか。兄上に会ってもらいてぇんだ」

「お兄様に⁉　私が」

こくりと真二郎は首をふる。

「いずれおれと一緒になってほしいんだ」

「えっ……」

吉はそれっきり言葉が出ない。

「あ、あたしなんかで……いいんですか」

やっと喉から声を絞り出した。

「おめえしかいねえ」

「…………」

「心配は無用だ。もう兄上にも義姉上にも話をしている。おれの母上があれこれいっていやな気持ちにさせるかもしれねえが、そうならねえようにすると兄上たちもいってくれている。安心して来てほしい」

「……嬉しい……」

吉がやっとのことでそういうと、真二郎は「よかった」と笑った。

空は明るいのに、ちらちらと雪が降りだした。

「うちに来るときは、描絵羽子板を持って来いよ。姉上が羽根つきを伝授すると張り切ってるからな」

「墨で顔にバッテン書いたりしないでしょうね」

「書くんじゃねえのか。姉上はあれで気性が強いところがある。おれは両頰に書かれたことがある」

「バッテンを⁉　それはやだぁ」

雪は次第に本降りになった。そば屋まではもうちょっとだという。真二郎は自分の襟巻きをはずし、吉の首元に巻いた。

「真二郎さんが風邪をひいてしまう」

「おれは丈夫がとりえなんだ」

真二郎の体のぬくもりを吸った襟巻きは暖かかった。

「……ありがた山の時鳥《ほととぎす》」

吉は真二郎の耳元にささやいた。真二郎がぷっと噴く。

その笑顔を見ながら、吉は襟巻きの真二郎の匂いを胸一杯に吸いこんだ。

結びの甘芋

一〇〇字書評

切・り・取・り・線

購買動機（新聞、雑誌名を記入するか、あるいは○をつけてください）	
□（　　　　　　　　　　　）の広告を見て	
□（　　　　　　　　　　　）の書評を見て	
□ 知人のすすめで	□ タイトルに惹かれて
□ カバーが良かったから	□ 内容が面白そうだから
□ 好きな作家だから	□ 好きな分野の本だから

・最近、最も感銘を受けた作品名をお書き下さい

・あなたのお好きな作家名をお書き下さい

・その他、ご要望がありましたらお書き下さい

住所	〒				
氏名		職業		年齢	
Eメール	※携帯には配信できません	新刊情報等のメール配信を 希望する・しない			

この本の感想を、編集部までお寄せいただけたらありがたく存じます。今後の企画の参考にさせていただきます。Eメールでも結構です。

いただいた「一〇〇字書評」は、新聞・雑誌等に紹介させていただくことがあります。その場合はお礼として特製図書カードを差し上げます。

前ページの原稿用紙に書評をお書きの上、切り取り、左記までお送り下さい。宛先の住所は不要です。

なお、ご記入いただいたお名前、ご住所等は、書評紹介の事前了解、謝礼のお届けのためだけに利用し、そのほかの目的のために利用することはありません。

〒一〇一-八七〇一
祥伝社文庫編集長　坂口芳和
電話　〇三（三二六五）二〇八〇

祥伝社ホームページの「ブックレビュー」からも、書き込めます。
www.shodensha.co.jp/bookreview

祥伝社文庫

結《むす》びの甘芋《あまいも》　読売屋《よみうりや》お吉《きち》甘味帖《かんみちょう》

令和２年11月20日　初版第１刷発行

著　者　五十嵐佳子《いがらしけいこ》
発行者　辻　浩明
発行所　祥伝社《しょうでんしゃ》
東京都千代田区神田神保町3-3
〒101-8701
電話　03（3265）2081（販売部）
電話　03（3265）2080（編集部）
電話　03（3265）3622（業務部）
www.shodensha.co.jp

印刷所　堀内印刷
製本所　ナショナル製本
カバーフォーマットデザイン　中原達治

Printed in Japan ©2020, Keiko Igarashi ISBN978-4-396-34684-3 C0193

祥伝社文庫の好評既刊

五十嵐佳子　**読売屋お吉　甘味とぉんと帖**

菓子屋の女中が、読売書きに転身！　まっすぐに生きる江戸の〝女性記者〟を描いた、心温まる傑作時代小説。

五十嵐佳子　**わすれ落雁《らくがん》**　読売屋お吉甘味帖②

新人読売書きのお吉が出会ったのは、記憶を失くした少年。可憐な菓子を手掛かりに、親捜しを始めるが。

五十嵐佳子　**かすていらのきれはし**　読売屋お吉甘味帖③

新しい絵師見習いのおすみは、イマドキの問題児で……。後始末に奔走するお吉を、さらなる事件が襲う！

有馬美季子　**縄のれん福寿《ふくじゅ》**　細腕お園《その》美味草紙

〈福寿〉の料理は人を元気づけると評判だ。女将・お園の心づくしの一品が、人と人とを温かく包み込む江戸料理帖。

有馬美季子　**さくら餅**　縄のれん福寿②

生みの母を捜しに、信州から出てきた連太郎《れんたろう》。お園の温かな料理が、健気《けなげ》に悩み惑う少年を導いていく。

有馬美季子　**出《で》立《た》ちの膳**　縄のれん福寿③

一瞬見えたあの男は、失踪した亭主なのか。落とした紙片に書かれた謎の食材を手がかりに、お園は旅に出る。

祥伝社文庫の好評既刊

長谷川 卓

戻り舟同心

齢《よわい》六十八で奉行所に再出仕。ついた仇《あだ》名《な》は〝戻り舟〟。「この文庫書き下ろし時代小説がすごい！」〇九年版三位。

長谷川 卓

戻り舟同心 夕凪《ゆうなぎ》

「二十四年前に失踪した娘が夢枕に立った」——荒唐無稽《こうとうむけい》な老爺《ろうや》の話を愚直に信じた伝次郎。早速探索を開始！

長谷川 卓

戻り舟同心 逢魔刻《おうまがとき》

長年子供を拐《かどわ》かしてきた残虐非道な組織の存在に迫り、志半ばで斃《たお》れた吉三。彼らの無念を晴らすため、命をかける！

長谷川 卓

戻り舟同心 更待月《ふけまちづき》

皆殺し事件を解決できぬまま引退した伝次郎。十一年の時を経て、再び押込み犯を追う！　書下ろし短編収録。

神楽坂 淳

金四郎の妻ですが

大身旗本堀田家の一人娘けいが、嫁ぐように命じられた男は、なんと博打好きの遊び人——遠山金四郎だった！

神楽坂 淳

金四郎の妻ですが 2

借金の請人になった遊び人金四郎。返済の鍵は天ぷらを流行らせること⁉　知恵を絞るけいと金四郎に迫る罠とは。

祥伝社文庫の好評既刊

今村翔吾

火喰鳥《ひくいどり》

羽州《うしゅう》ぼろ鳶《とび》組

かつて江戸随一と呼ばれた武家火消・源吾《げんご》。クセ者揃いの火消集団を率いて、昔の輝きを取り戻せるのか⁉

今村翔吾

夜哭烏《よなきがらす》

羽州ぼろ鳶《とび》組②

「これが娘の望む父の姿だ」火消としての矜持を全うしようとする姿に、きっと涙する。最も〝熱い〟時代小説！

今村翔吾

九紋龍《くもんりゅう》

羽州ぼろ鳶《とび》組③

最強の町火消とぼろ鳶組が激突⁉ 残虐な火付け盗賊を前に、火消は一丸となれるのか。興奮必至の第三弾！

今村翔吾

鬼煙管《おにきせる》

羽州ぼろ鳶《とび》組④

京都を未曾有の大混乱に陥れる火付犯の真の狙いと、それに立ち向かう男たちの熱き姿！

今村翔吾

菩薩花《ぼさつばな》

羽州ぼろ鳶《とび》組⑤

「大物喰いだ」諦めない火消たちの悪あがきが、不審な付け火と人攫いの真相を炙り出す。

今村翔吾

夢胡蝶《ゆめこちょう》

羽州ぼろ鳶《とび》組⑥

業火の中で花魁《おいらん》と交わした約束――。消さない火消の心を動かし、吉原で頻発する火付けに、ぼろ鳶組が挑む！